JOYCE SILVA

um AMOR em poesias

COPYRIGHT © SKULL EDITORA 2022

Proibida a reprodução total ou parcial desta obra, de qualquer forma ou por qualquer meio eletrônico, mecânico, inclusive por meio de processos de fotocópia, incluindo ainda o uso da internet, sem a permissão expressa da Editora Skull (Lei nº 9.610, de 19.2.98).

Editora: **Skull**
Editor Chefe: **Fernando Luiz**
Capa: **Alice Prince**
Revisão: **Larissa Sobral**
Diagramação: **Davi Alves**

Dados Internacionais de Catalogação na Publicação (CIP)
Jéssica de Oliveira Molinari - CRB-8/9852

Silva, Joyce
    Um amor em poesias / Joyce Silva. -- Brasil : Editora Skull, 2022.
    176 p. 14 x 21 cm

ISBN 978-65-5123-002-8

1. Ficção brasileira I. Título

22-0034   CDD B869.93

Índices para catálogo sistemático:
1. Ficção brasileira

Todos os direitos reservados, incluindo os direitos de reprodução integral ou em qualquer forma

CNPJ: 27.540.961/0001-45
Razão Social: Skull Editora Publicação e Venda de Livros
Endereço: Caixa postal 79341
Cep: 02201-971, — Jardim Brasil, São Paulo – SP
Tel: (11)95885-3264
www.editoraskull.com.br

 @skulleditora

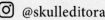 www.amazon.com.br

@skulleditora

Para minha família, em especial, minha princesa Giovanna e meu marido Vicente, pela paciência e apoio de sempre. E para todos aqueles que acreditam no amor.

Isadora

"Não sou nada.
Nunca serei nada.
Não posso querer ser nada.
À parte isso, tenho em mim todos os sonhos do mundo"

– Álvaro de Campos

— No celular, Isadora!? — disse minha mãe, assim que entrou em meu quarto. — Ficar de conversinha não vai fazer com que você passe no vestibular de Medicina — concluiu, olhando-me fixamente.

Olhei para ela com o canto do olho e voltei a responder a mensagem de Giovana. Estava estudando igual a uma louca. Será que seria algum pecado parar um pouquinho para relaxar e conversar, mesmo que fosse pelo *WhatsApp*, com a minha melhor amiga?

Minha mãe ficou por mais um tempo me encarando, de braços cruzados. E como continuei olhando para a tela do celular, ela saiu reclamando:

— Essa menina tem que largar de conversinhas, tem que ter foco... Foco, Isadora!

Respirei fundo, ouvindo as últimas palavras dela. "Como se eu não tivesse foco!", pensei. Então balanceia a cabeça, espantando meus pensamentos, e voltei a responder à mensagem de Giovana.

> *Até que horas você vai estudar? Tô combinando com um pessoal de nos reunirmos na casa da Priscila mais tarde.*

> *Vou até tarde. Minha mãe está no meu pé, e se eu falar que vou sair, aí é que ela me mata kkkk*

> *Mas você precisa relaxar um pouco. O vestibular será só no final do ano que vem.*

> *Eu sei, estou ficando exausta, mas minha mãe fica me cobrando direto.*

> *Você quem sabe. Se mudar de ideia, me liga! Vai ter um monte de gatinhos lá ☺ ☺ ☺.*

Olhei, mais uma vez, a última mensagem e, dando um sorriso, estiquei as pernas em cima da cama, fazendo um mini alongamento; elas já estavam ficando dormentes de tanto ficar sentada. Resolvi pegar um copo d´água.

Passei pela sala de televisão; meu pai cochilava no sofá, mas minha mãe não estava. Cheguei à cozinha e ela também não estava por lá. Certamente tinha ido à casa de alguma vizinha. Respirei aliviada. Pelo menos ela não iria pegar no meu pé por alguns segundos. Apanhei um copo no armário e, em seguida, a jarra de água que estava na geladeira.

— Já parou de estudar? — ela perguntou, assim que entrou na cozinha, vindo do quintal dos fundos.

— Vim tomar um copo d´água e esticar um pouco as pernas — respondi, tão logo a vi, virei o copo, engolindo a água de uma única vez.

— O curso de Medicina é muito concorrido — continuou. — Você tem que se dedicar e não ficar de conversinhas com suas amigas — disse, pegando um pano de prato e enxugando a louça do almoço que ainda estava na pia.

— Estou me esforçando, Dona Cristiana — respondi ironicamente. — Mas também preciso relaxar um pouco e, além do mais, o vestibular é só no final do ano que vem. — Já estava ficando irritada com aquela conversa novamente.

— Suas amigas provavelmente não irão prestar um vestibular tão concorrido como o de Medicina, e é por isso que ficam indo à festinhas, de namoradinhos e batendo papo-furado.

Minha mãe possuía o dom de adivinhar as coisas, só podia ser! Ela estava tentando fazer alguma lavagem cerebral em mim, ou então planejando tirar alguma informação sobre minhas amigas. Tinha certeza de que era a primeira opção.

— Eu sei... eu sei... estou estudando o máximo que posso. Pode ficar tranquila que você terá uma filha médica — respondi, pegando uma maçã da cesta de frutas. — E quer saber de uma coisa!? Vou dar uma volta — eu disse, já abrindo a porta da cozinha e saindo.

Desde que me conheço por gente, minha mãe sempre falou que eu iria ser médica. No começo, até que achava legal e ficava brincando com as minhas bonecas disso. Minha mãe ficava encantada e parava tudo o que estivesse fazendo só para me olhar brincando. Porém, achei que isso iria ser passageiro, e quando eu crescesse poderia escolher o curso que queria fazer; achei que ela iria esquecer tudo isso.

Puro engano!

Tive certeza disso na oitava série. Cheguei em casa, toda animada, falando para os meus pais que iria cursar Letras. Naquele dia, minha professora de redação havia gostado muito de um poema meu, dizendo que eu levava jeito para escrever. Isso me fez pensar na ideia de estudar Letras. Minha mãe quase teve um ataque. "Nunca!", ela gritou assim que falei. Fiquei na hora muito assustada, e não entendi o motivo. "Você será médica... médica! Ouviu bem, Isadora!? M-É-D-I-C-A!". Ela soletrou todas as letras de forma bem convincente. Fiquei olhando para ela, com aquela cara de quem não estava entendendo nada. Mas foi aí que percebi que aquilo que ela falava quando eu era criança era muito sério.

Sempre soube que minha mãe queria ser médica, e que chegou até a cursar uns dois anos de Medicina, mas meu avô, que na época era dono de uma fábrica de calçados, sofreu uma grande queda nos negócios e entrou em falência. A família de minha mãe, composta por quatro filhos, incluindo minha mãe, e mais meus avós, tiveram que vender quase tudo o que tinham, e lógico que minha mãe teve que interromper o curso; o que a fez sofrer muito. Ela não aceitou isso muito bem, e até pensou em fugir de casa, só que então ela percebeu que meus avós estavam sofrendo muito, e precisavam da ajuda de todos para poder se reerguer. Minha mãe manteve a esperança de que eles pudessem se estabilizar novamente para que ela voltasse a fazer o curso de Medicina. Isso, no entanto, nunca aconteceu. Meu avô arrumou um emprego em uma fábrica de confecção de roupas, onde trabalhou até se aposentar, e minha avó começou a fazer pão caseiro para vender, e assim ajudar nas despesas da casa. Minha mãe, com o passar do tempo, desistiu de estudar e acabou se casando com o meu pai ao completar vinte e três anos. Ela viu, então, a chance de ter seu sonho realizado quando eu nasci, principalmente porque em minhas brincadeiras eu gostava de ser médica. A partir daí, ela sempre me falava que Medicina era o curso que eu deveria fazer.

No começo, gostei da ideia, porém não imaginava que isso se tornaria uma obsessão para ela. Minha mãe via em mim a médica que ela nunca pôde ser. Só que ela acabava não percebendo que daquele jeito estava me sufocando, diferentemente do meu pai, que sempre me apoiou em minhas escolhas e costumava dizer que eu deveria fazer o que meu coração mandasse. Será que eu iria gostar do curso de medicina? Se eu não passasse no vestibular, seria uma grande decepção para a minha mãe.

— Isadora, aonde você vai? — gritou minha mãe. Mas eu já estava do outro lado da rua. — Isadoraaaa! Você precisa estudar. Volte aqui! — continuou.

Nem ouvi mais nada. Precisava ficar um pouco sozinha. Precisava de um pouco de paz em minha cabeça.

Por ser domingo, as ruas do meu bairro estavam vazias; gostava disso, assim, caminharia sossegada, sem a agitação dos dias normais. Se fosse dia de semana, e na hora do *rush*, certamente demoraria um pouco para atravessar a avenida República ou a Pedro de Toledo, uma das principais avenidas da cidade.

Pensei em ligar para a Giovana. Coloquei minha mão no bolso para pegar o celular, mas então mudei de ideia; achei melhor não. Certamente ela já estaria se arrumando para sair, coisa que ela fazia muito bem, diferente de mim, que sempre fui mais prática. Costumava pegar a primeira roupa que via pela frente, o que acabava deixando minha mãe irritada, e a Giovana mais ainda. Na verdade, eu nunca entendi o motivo de precisar me arrumar tanto, afinal, às vezes me sentia até mesmo invisível no meio de minhas amigas. — Você vai assim? — Giovana disse uma vez, quando chegou em minha casa para me buscar para irmos a um churrasco na casa do Ricardinho, que estudava na nossa sala. A irmã dele tinha acabado de passar no vestibular de Direito, então a família havia resolvido fazer uma festinha para comemorar. Como o Ricardinho era da nossa turma, ele acabou nos chamando, e a Giovana aceitou na mesma hora. Por isso, acabei concordando em ir também.

— Sim! É um churrasco e quero estar confortável — respondi, olhando para minha roupa.

— Tudo bem que você quer ficar confortável, mas de *shorts*, camiseta e tênis? — perguntou, encarando minha roupa mais uma vez. — Vai que lá tem alguns gatinhos, você precisa se arrumar mais! — disse, piscando os olhos e me puxando de volta para o meu quarto.

— Estou bem assim, e é um *All Star* — respondi novamente. Ela, por sua vez, nem ligou; abriu meu guarda-roupa e, checando minhas roupas, pegou uma saia *jeans* e uma blusinha amarela.

— Essa blusinha não! Acabei de comprar e nem usei ainda — repreendi, tornando a guardá-la. Estava esperando um lugar bacana para usar, e não queria que fosse naquele churrasco.

— Perfeito. Você não quer comprar roupa para deixar guardada, quer? — ela indagou, pegando a blusinha pela segunda vez e me obrigando a vestir. Em seguida, acrescentou: — Ande logo, porque minha mãe já está impaciente no carro esperando a gente! — Então ajeitou seu vestido, extremamente agarrado, enquanto se olhava no espelho. Não sei como ela conseguia respirar naquele vestido, de tão apertado que era, mas confesso que a tinha deixado mais linda ainda. Giovana possuía muito mais corpo que eu; curvas bem definidas. Usando aquelas roupas então, só demostrava mais isso. Ao contrário de mim, que parecia uma "tábua" de tão magra. Ela até poderia mentir sua idade e dizer que tinha uns dezoito anos, enquanto eu, sequer poderia dizer que havia saído dos quinze.

Acabei trocando de roupa mais rápido que o próprio super-homem.

— Agora sim, Isa, mas ainda falta uma coisa — disse, pegando um batom vermelho que estava em sua bolsa, e passando-o em mim. — Perfeito! — concluiu, puxando-me pela mão.

— Que demora! — reclamou a mãe dela, assim que entramos no carro. No entanto, logo abriu um sorriso quando me notou. — Está bonita hoje, Isadora! Vai arrumar uma paquera rapidinho. — E virando para frente, ligou o carro e partimos.

Paquera? Ela estava brincando; quem iria se interessar por uma garota que tinha uma enorme espinha no rosto? Até tentei disfarçar com um corretivo e base, só que nada resolveu; ela continuava mostrando para todo mundo que eu tinha acabado de menstruar. E por mais que eu tentasse esquecê-la, aquela coisa fazia questão de me lembrar que estava ali, amarelinha, parecendo uma flor. E para completar tudo isso, eu ainda era míope. Usava óculos para estudar, mas não gostava de sair com eles. Já havia pedido lentes de contato para minha mãe, mas ela ficava me enrolando. Dizia que eu ficava mais bonita de óculos, parecendo mais doutora. Coisas da minha mãe.

Tínhamos acabado de chegar na festa e a Giovana já estava cumprimentando todo mundo. Não sabia como ela conseguia fazer aquilo. Na verdade, até sabia. Giovana sempre foi muito animada e amiga de todos. Conversava com qualquer um; sem contar que, bonita do jeito que era, os meninos ficavam atraídos. Ela possuía cabelos longos e lisos, de um preto que eu nunca vi, e nem fazia nada para deixá-los lisos daquele jeito.

Já quando eu queria alisar os meus, encarava a chapinha por horas. Minha mãe dizia que eu herdara os cachos da minha avó. Até que gosto deles, são bem definidos nas pontas, só que ele sempre amanhece armado, e quando acordo atrasada para a escola, um coque se torna a melhor opção.

Fiquei na cola da Giovana, como sempre fazia em todas as festas que íamos juntas. Enquanto ela ia cumprimentando as pessoas, os olhares dos garotos sempre iam acompanhando seus passos. Por mais que eu também tentasse ser descolada e amiga de todo mundo, mal conseguia dizer um "oi" sem que a pessoa respondesse: "Não te escutei. O que você disse?". Eu achava que estava falando com a voz mais alta do mundo, mas quando ia responder novamente, a pessoa já não estava mais ali.

Fomos caminhamos um pouco pelo ambiente bem animado.

— Vou pegar um refri — eu disse para Giovana, enquanto ela conversava com algumas outras garotas.

Ela assentiu e continuou conversando. Virei meus olhos, procurando a geladeira. Avistei-a do lado oposto ao nosso. Enquanto caminhava até lá, desviei de algumas garotas que, já animadas com a música, balançavam o corpo para lá e para cá. Estava com tanta sede que virei o copo de uma única vez. Voltei os olhos, tentando localizar Giovana, mas percebi que ela conversava com um garoto, então achei melhor ficar por ali mesmo.

Até que eu gostava de fazer isso: observar. Mas também queria estar ali, no meio deles, conversando. Quando falei isso para a Giovana, ela ficou rindo da minha cara:

— Para com isso, Isa. Você tem que se enturmar mais, conversar, conhecer gente nova, deixar essa timidez toda de lado.

Do jeito que ela falava, até parecia fácil. Bem, para ela, era fácil.

Meu pai havia ido buscar a gente um pouco depois da meia-noite, o que deixou a Giovana muito chateada, ainda mais porque o papo com o garoto estava fluindo muito bem. Ficamos sabendo mais tarde que ele era primo de segundo grau do Ricardinho.

— Divertiram-se? — perguntou meu pai, assim que entramos no carro. Fiz que sim com a cabeça, mas a Giovana estava emburrada.

— Não fique assim, *miga*. Na segunda-feira você conversa mais com o Ricardinho e tira todas as informações que você precisa sobre o seu novo "*crush*" — eu disse, tentando animá-la, dando uma piscadinha.

— Verdade, né, Isa — ela concordou, dando-me um abraço e abrindo um enorme sorriso.

— Ele só poderá ser louco se não gostar de você: bonita, super alto-astral, comunicativa — continuei tentando animá-la.

— Isa, você não existe. Só você mesmo para me deixar mais feliz.

Permanecemos abraçadas até chegarmos em casa.

Quando já estava distante de casa, resolvi caminhar até uma pracinha que ficava a umas dez quadras do meu bairro. Sempre gostei de passear em praças, mas não conhecia muitas em Marília, somente as que tinha perto de onde eu morava ou as que eu ouvia falar. De certa forma, isso seria bom, porque assim caminharia um pouco; só que, por outro lado, sentia a falta de mais áreas verdes por perto.

Ao chegar, sentei-me em um banco que dava de frente para um casal que namorava um pouco à distância. Cruzei as pernas e fiquei ali, sem pensar em nada. Na verdade, tentei, só que não consegui. Lembrei-me da minha mãe e sua voz me dizendo que tinha que estudar... estudar... estudar; que precisava passar em Medicina, que eu seria uma ótima médica etc. etc. etc. Balancei a cabeça para expulsar os pensamentos. Porém, tudo logo voltou quando o celular tocou e vi no visor o número de casa. Desliguei. Certamente ela estava muito brava comigo, e ficava ainda mais irritada quando eu não atendia suas ligações. Mas naquele momento não me importei; estava precisando de um tempo sozinha. Precisava ficar com meus pensamentos.

Voltei a olhar para o casal, que agora ria enquanto conversava. Pensei em como seria bom ter um namorado. No entanto, logo lembrei que esse era um pensamento bobo. Nem tinha beijado ainda, como teria um namorado? A Giovana não entendia como eu, com dezesseis anos, ainda podia ser BV (boca virgem).

— Isa, desse jeito você vai beijar só com uns trinta anos! Você precisa se enturmar para conhecer gente nova — ela me disse uma vez, enquanto voltávamos de um aniversário, no qual, mais uma vez, eu havia ficado de canto, sem conversar com quase ninguém.

De certa forma, ela tinha razão. Eu até tentava me enturmar às vezes, mas a timidez acabava falando mais alto; e agora, com a minha mãe pegando no meu pé para estudar, aí é que ficava mais complicado.

O casal começou a trocar carícias. Tentei desviar o olhar, entretanto, achei tão bonito como o garoto acariciou o rosto da garota, e ela, carinhosamente, deitou-o sobre suas mãos. Seus olhos estavam fixos um no outro. Não diziam nada. Até porque, certamente não precisariam. Logo depois, o rapaz passou sua mão sobre os cabelos dela, e se abraçando, assim ficaram.

Eles pareciam estar tão felizes que senti inveja naquele momento, e me imaginei também, um dia, com uma pessoa ao lado. De repente, o casal percebeu que eu estava olhando e começaram a ficar incomodados. Fiquei sem graça e achei melhor sair dali, para deixá-los curtindo aquele momento juntos.

Caminhei mais um pouco e vi duas crianças, que brincavam mais adiante enquanto suas mães conversavam. Deveriam ter uns cinco anos. Neste momento me lembrei de Pedro. Como sentia a falta de sua amizade, de sua companhia!

Combinamos de nos falar pelo *Skype* todos os dias, mas fazia tempo que isso não acontecia. Será que ele encontrou outra amiga e se esqueceu de mim? Ou arrumou alguma namorada? Não! Impossível! O Pedro não é de namoros. Ele sempre me disse que queria aproveitar a vida, curtir, viajar, conhecer gente nova. Por um momento, lembrei-me de que quando ainda tinha uns onze anos, pensei que estava gostando dele. Achei aquilo muito estranho. Comecei a sentir ciúmes de qualquer garota que se aproximava dele, até mesmo da Giovana. Acho que era um amor platônico. Sempre amei Pedro como irmão, e ele sentia o mesmo por mim.

Recordei o quanto era bom quando ele, Giovana e eu ficávamos horas assistindo a algum filme e depois ríamos enquanto olhávamos os erros de gravações. Queria que ele estivesse aqui. Mesmo a Giovana sendo a minha melhor amiga, sempre me senti mais à vontade para conversar algumas coisas com ele. Ele me entendia. Sentia-me protegida ao seu lado. Ele falava que eu era a irmãzinha caçula que ele nunca teve, e se sentia na obrigação de me proteger.

Peguei o celular do bolso e, olhando a mensagem que ele havia me enviado antes de viajar, senti uma dor no peito de tanta saudade.

> *Minha irmãzinha, eu vou sentir muitas saudades suas, mas sei que esse intercâmbio vai passar logo e vou trazer um lindo tênis de Orlando para compensar essa saudade kkk. Se cuida! E se precisar de alguma coisa, me avise, que pego o primeiro avião e venho até aqui. Vou sentir muitas saudades!!! De seu irmão, Pedro!*

O intercâmbio sempre foi o sonho dele, e eu nunca deixei de o apoiar nisso, mas, quando ele finalmente chegou em casa, dizendo-me que passaria um tempo fora, eu senti meu coração se despedaçar.

— Que legal! — eu disse, tentando parecer animada, e disfarçando minha tristeza.

— Estou muito animado. Não vejo a hora de viajar logo, conhecer gente nova, lugar novo. Vai ser muito bom.

— Fico feliz por você.

— Isa, a gente vai continuar se falando pelo *Skype* todos os dias; e logo estou de volta, eu prometo — falou, percebendo minha tristeza.

— Você promete? — perguntei, esforçando-me para segurar o choro.

— Claro, afinal, você é a minha irmãzinha preferida — confirmou, abraçando-me. Só que essa promessa não estava sendo cumprida, pois já fazia tempo que não nos falávamos, e eu estava sentindo muito a falta dele. Quando Pedro foi embora, um pedacinho de mim também foi junto.

Lembrei dele e de como ele sempre foi muito especial para mim, um irmão que eu nunca tive. Sorri revendo seu sorriso em minha memória, enquanto voltava para casa. Já no portão, parei por um momento. Vi atrás da cortina da janela da sala o vulto de minha mãe, andando de um lado para o outro, certamente furiosa por minha saída, e por não ter atendido sua ligação horas antes. Respirei profundo, abri o portão social e entrei.

— Isadora, isso são horas? Onde você estava? Por que desligou o celular? Já estava ligando para a polícia — ela disse, assim que entrei na sala, com o telefone nas mãos trêmulas.

Às vezes, minha mãe acabava exagerando um pouco. Para falar a verdade, quase sempre ela exagerava. Ela dizia que quando eu fosse mãe, iria entender tudo o que ela falava; o amor dela por mim, as preocupações, os medos.

Tudo bem que ela estava preocupada, e que é ruim mesmo quando estamos atrás de uma pessoa e o celular está desligado, mas ligar para a polícia já era um pouco demais.

Sorri. Meu pai, que via um filme na televisão, olhou para

mim e me mandou um beijo. Esse era o jeito dele de me dizer que tinha concordado com a minha atitude. Respondi com um piscar de olhos.

— Estou viva, mãe... pode parar de ficar preocupada — respondi, dando um beijo no meu pai.

— Espero que isso não se repita, pois caso contrário colocarei a polícia atrás de você! Com tanta violência por aí, você some e desliga o celular!? É o que me faltava! A gente compra um celular para você, e você nem para atender!? Acho que o melhor então é não ter celular — continuou falando, enquanto eu ia para o meu quarto. — E ligue este celular agora! — ordenou.

— Já estou fazendo isso — respondi, colocando a mão no bolso para pegar o celular. Gelei na hora quando percebi que ele não estava ali. Procurei nos outros bolsos da calça. "Eu não acredito que perdi meu celular... eu não acredito!", pensei, querendo chorar.

Na mesma hora, peguei o telefone fixo, que ficava ao lado da minha cama. Liguei para o meu número; se alguém tivesse achado, certamente poderia me devolver. Chamou... chamou...

— Não está atendendo — pensei em voz alta. Comecei a ficar nervosa, ligando novamente, mas nada.

Tentei ligar mais algumas vezes, mas chamava até cair na caixa postal. Comecei a andar de um lado para o outro do quarto, tentando pensar no que eu poderia fazer.

— Só faltava essa! Eu não posso ter perdido meu celular. Alguém deve ter achado. Minha vida está nele, sem falar que meu pai pagou muito caro para eu ter perdido assim. — Respirei, tentando me controlar; as lágrimas, porém, já começando a cair.

Liguei o computador, pensando em enviar uma mensagem pelo *Facebook* para a Giovana, avisando que estava sem celular e que, se ela quisesse falar comigo, teria que ligar no telefone fixo de casa; o que ela iria fazer só se fosse de extrema urgência, pois o irmão mais novo dela sempre ficava escutando nossas conversas pela extensão. Porém, acabei desistindo de fazer isso. Certamente ela já estava na tal festa, que havia me convidado horas antes, e só iria ver a mensagem no dia seguinte, durante a aula, então não adiantaria muito.

Comecei a rever todos os meus passos, desde a hora em que saí de casa, até aquele momento.

— Com certeza foi na hora que vi a mensagem do Pedro. Senti tanta saudade dele que acabei colocando o celular no banco e me esqueci. Se você, Pedro, estivesse aqui, isso não teria acontecido — disse, sentindo raiva dele naquele momento.

Deitei-me na cama e comecei a chorar baixinho; não queria que minha mãe me ouvisse, porque isso seria mais um motivo para ela pegar no meu pé.

— Eu não posso ficar sem meu celular, não posso! — falei, adormecendo.

Naquela noite, não consegui dormir direito; na verdade, fiquei acordando direto e olhando de cinco em cinco minutos para o relógio, querendo que as horas se apressassem e o dia amanhecesse logo, como se assim eu fosse poder mudar alguma coisa relacionada a isso. No exato instante que ele marcou 06h, liguei novamente para o meu número, na esperança que alguém atendesse.

— Alô — alguém finalmente disse, com voz de sono do outro lado da linha. — Alô. Acho que você está com o meu celular — já fui dizendo, assim a pessoa não teria tempo de tentar me enganar.

— Com quem estou falando?

A voz era de um homem. Um jovem de talvez uns vinte anos ou menos.

— Por favor, você está com o meu celular — insisti, começando a ficar nervosa.

— Olha, moça, eu encontrei um celular ontem, sim, mas quero saber com quem estou falando!

— Quanto você quer para devolver meu celular? — Estava ficando aflita.

— Eu sou o Felipe e acho que você deve estar desesperada atrás do seu celular. Ele realmente deve ser muito importante para você — a pessoa do outro lado da linha disse calmamente. — Vou entregar seu celular, sim, mas não quero nada por ele, só quero te entregar.

Percebi que estava sendo grossa com alguém que nem conhecia.

— Como faço para pegar meu celular? — perguntei, tentando parecer mais calma.

— Se você quiser, posso levar na praça onde você o esqueceu. Posso levar agora; é só o tempo de me trocar e daqui a uns trinta minutos estarei lá.

— Claro! — Fiquei animada, teria meu celular de volta. — Você encontrou o celular em cima de um banco, né? Você pode me entregar lá?

— Tudo bem.

— Obrigada — respondi, desligando o telefone.

Dei um pulo de alegria e respirei aliviada. Então, me arrumei para ir à escola mais rápido do que de costume. Iria ter que entrar na segunda aula, mas não tinha problema, teria meu celular de volta.

— Isadora, você não vai tomar o café da manhã? — perguntou minha mãe, que já estava sentada na mesa conversando com meu pai.

— Tenho que rever uma matéria antes da aula. Depois como alguma coisa na escola — respondi, pegando apenas uma maçã da fruteira e já saindo. Não queria que minha mãe ficasse questionando mais alguma coisa.

— Boa aula, minha filha! — disse meu pai, enquanto engolia seu café.

Felipe

"Nunca espere demais, da sorte ou dos outros, no fim não há quem não decepcione você."

— Charles Bukowski

Acordei com o celular tocando. Ainda sonolento, e com as vistas um pouco embaçadas por causa do sono, peguei meu celular, que estava na escrivaninha ao lado da minha cama; só que não era ele, foi então que me lembrei de que aquele era outro aparelho, que eu havia encontrado no dia anterior.

— Alô! — respondi, acordando.

— Alô. Acho que você está com o meu celular — disse a pessoa do outro lado da linha.

— Com quem estou falando? — perguntei, um pouco mais acordado e me sentando na cama.

— Por favor, você está com o meu celular — falou a outra pessoa, ficando nervosa; talvez fosse uma garota de uns dezoito anos ou menos.

Por fim, acabamos marcando de nos encontrar na praça onde eu havia encontrado o tal celular. Mas o que eu queria, na verdade, era voltar a dormir; o dia anterior não tinha sido nada agradável. No entanto, tentando acordar um pouco mais, espreguicei-me e levantei da cama. Tomei um banho rápido e logo já estava pronto.

"Tomo café quando voltar", pensei, enquanto passava pelo quarto da minha mãe e a vi ainda dormindo. Fiquei olhando-a por um tempo, admirando sua beleza. Sempre muito bonita e forte, apesar das rasteiras que a vida a tinha dado, ela nunca deixou de ser segura de si, e jamais demostrou fraqueza diante dos filhos; mesmo quando eu sabia que ela havia chorado escondida de nós, no silêncio de seu quarto. Estive mais um tempo a olhando e imaginando como tudo poderia ser diferente se o meu pai estivesse ali, mas... Espantei meus pensamentos de repente, lembrando-me que tinha um celular para entregar, então, sem fazer muito barulho, saí dali.

Enquanto dirigia até a praça, lembrei-me dos reais motivos que me fizeram chegar até ali no dia anterior, e por mais que eu tentasse esquecê-los, tudo ainda estava fresco em minha cabeça.

Meu pai havia me ligado um pouco antes das nove da manhã, convidando-me para almoçar, dizendo que tinha uma coisa muito importante para contar. Eu desconfiei. Na verdade, sempre desconfiava quando ele me ligava. Desde a separação de meus pais, por volta dos meus doze anos, ele só ligava ou ia buscar minha irmã e eu para sairmos uma vez ou outra no mês. A separação deles não tinha sido nada amigável, e ele acabou se afastando, não somente de minha mãe, mas dos filhos também.

Costumava ver em meu pai um herói, uma pessoa em quem eu poderia me espelhar. Sempre presente, ele saía cedo para trabalhar e voltava um pouco antes das sete da noite. Dizia que a família estava em primeiro lugar e, por isso, queria estar junto de nós. Para minha irmã Thaís —, um ano mais velha que eu —, e para mim isso era maravilhoso. Gostava das nossas refeições em família, principalmente quando, durante a hora do jantar, meu pai contava sobre seu dia e falava como era bom estar em casa.

Como corretor de imóveis, ficava o dia todo ouvindo pessoas reclamando, pedindo descontos e outras coisas; por isso, sentia-se feliz quando estava em casa. Mas apesar de tudo isso, o que eu mais admirava na relação dele com a minha mãe era quando, antes de sair para trabalhar, os dois se olhavam e trocavam carinhos.

Só que tudo começou a mudar de uma hora para outra. Meu pai começou a chegar tarde em casa, sempre dizendo que estava cansado para jantar. Ele falava que havia comido uma bobagem na rua e que o dia tinha sido estressante, por isso, queria apenas tomar um banho e dormir.

— Deve ser algum problema muito sério na imobiliária. Vamos deixá-lo sozinho — disse minha mãe em um dia que meu pai havia, mais uma vez, chegado tarde do trabalho.

Por mais que minha mãe tentasse compreender aquela situação, percebi que ela estava um pouco preocupada e estranha também. Procurei me ocupar com as minhas atividades normais, que, por sinal, resumiam-se a estudar e jogar bola com meus amigos em um campinho que tinha perto de casa.

Os dias foram passando e meu pai continuava a chegar tarde em casa. Minha irmã também parecia um pouco chateada, mas não me dizia nada. Comecei a perceber que minha mãe estava triste e mais calada do que o normal. Descendente de italianos, ela sempre foi muito falante e expansiva, então a ver quieta não era um bom sinal.

Certa noite, porém, as coisas começaram a ser esclarecidas. Meu pai chegou em casa quase dez da noite. Eu estava vendo televisão, enquanto minha irmã e minha mãe já dormiam.

— Vá para o seu quarto, Felipe! — disse meu pai, assim que me viu. — Nada de ficar até tarde acordado — concluiu.

Ele foi direto para o seu quarto, e eu também fui para o meu. Logo peguei no sono, mas acordei quando escutei uma gritaria vindo do quarto de meus pais. Fiquei assustado, porém não fiz nada, continuei deitado. Só que a briga começou a ficar mais intensa, então rapidamente saí do meu quarto e fui ver o que estava acontecendo.

Minha irmã estava dentro do quarto deles, abraçada à minha mãe.

— Vá embora e nunca mais volte! — disse minha mãe, em prantos. — Bem que eu estava desconfiada, você mentiu todo esse tempo. Não quero ver você nunca mais!

Eu não conseguia dizer nada; na verdade, não estava entendendo muita coisa. Meu pai se encontrava sentado na cama, com a cabeça baixa.

— Saia daqui! — minha mãe gritou para ele mais uma vez. — Saia, seu mentiroso!

Meu pai levantou-se da cama. Percebi que ele também estava chorando. Passou por mim e nada disse. Vi ele saindo de casa somente com a roupa do corpo.

Minha mãe começou a chorar mais ainda. Fui abraçá-la,

enquanto minha irmã a ajudava a se sentar na cama.

— Calma, mãe! Estamos aqui — disse Thaís, tentando acalmá-la.

— Por que o pai foi embora? — finalmente perguntei.

Minha irmã me olhou e, chorando, respondeu:

— O pai tem uma amante. Ele nos enganou todo esse tempo. Ele está saindo com uma cliente dele.

Caí sentado no chão. Não estava acreditando em tudo aquilo. O meu herói tinha me enganado. O meu herói tinha enganado a nossa família. Comecei a chorar, e abraçando minha mãe e irmã, sofremos juntos.

No começo da separação, minha mãe sofreu muito, principalmente porque ela amava muito meu pai. Ele havia sido o seu primeiro amor e namorado. Além disso, depois da separação, ela teve que assumir o papel de pai e mãe, arrumando até mesmo um emprego, já que começamos a passar dificuldades financeiras, devido à pensão ser pouca. Contudo, com o passar dos anos, as coisas começaram a se ajeitar novamente. Durante muito tempo, não queria ver meu pai; sempre o evitava. Mas, de um tempo para cá, estávamos nos vendo um pouco mais, ficando mais próximos. Ele me chamava para ver jogos de futebol juntos, ou tomar uma cerveja, e nunca deixava de falar que havia se arrependido do que tinha feito; e aquilo até parecia ser um pouco verdade, pois, desde a separação, ele não parava com mulher alguma.

— Felipe, quero te apresentar a minha namorada Raquel — disse meu pai, assim que cheguei ao restaurante em que tínhamos combinado de almoçar. Então, aquele era o motivo de ele ter me convidado, pensei, enquanto esticava a mão para cumprimentar a mulher; na verdade, a moça. Raquel não tinha mais que trinta anos, enquanto meu pai já estava batendo na casa dos sessenta.

Raquel me cumprimentou e eu me sentei na frente deles. Pedimos o almoço e meu pai, muito empolgado com a sua nova namorada, não parava de falar:

— Ela não é linda, Felipe? — disse, beijando Raquel.

Apenas dei um sorriso de canto de boca. Sim, Raquel era muito bonita. Com um longo cabelo loiro e olhos azuis, usava um mini vestido colado, o que estava certamente chamando a atenção de dois garotos que almoçavam na mesa ao lado.

— Então, nós nos conhecemos semana passada em um barzinho na avenida XV de Novembro. Nos apaixonamos à primeira vista.

Raquel nada dizia, apenas permanecia abraçada a ele e, ao final de cada frase de meu pai, ela o beijava.

— Ela causa inveja em qualquer garota desse restaurante, não é mesmo!? — continuou ele, e mais beijos aconteceram.

Nada respondi, só fiz um sinal afirmativo com a cabeça.

— Você está indo bem na faculdade? — ele perguntou, finalmente mudando de assunto.

— Sim. Tudo tranquilo.

— E sua irmã, está bem?

— Está sim — respondi, engolindo um gole de cerveja que já estava começando a ficar quente.

— Que bom. E você tem saído bastante?

— Um pouco.

— Precisa arrumar uma namorada, linda igual a minha; ou será que você já tem alguma?

— Não estou pensando nisso agora.

— Mas precisa! Já é um homem formado, e namorar faz bem — ele disse, beijando mais uma vez a Raquel.

Estava ficando enojado ao ver tudo aquilo na minha frente. Ter aceito aquele convite tinha sido uma péssima ideia.

Raquel levantou-se para ir ao banheiro e, ajeitando seu vestido quando ficou de pé, começou a andar rebolando pelo salão. Não pude deixar de olhar e notar como realmente ela era muito atraente.

— Ela é demais — falou, mais uma vez, meu pai.

Vendo-o daquele jeito em relação à Raquel, lembrei-me dos momentos em família e do quanto ele demostrava gostar de minha mãe. E isso era percebido nos pequenos detalhes: um carinho antes de sair para trabalhar, o cuidado que um tinha com o outro quando estavam doentes, o respeito que demostravam. Foi neste momento que comecei a pensar no que poderia ter realmente acontecido para que meu pai traísse minha mãe com uma cliente. Dizer que a carne é fraca, todos dizem, mas e o amor? Não é forte o suficiente para evitar esses deslizes? Até quando o relacionamento dele com Raquel iria durar? Raquel parecia ser o tipo de garota que não ficava muito tempo com um único cara. Certamente seria só algum outro aparecer para que ela deixasse meu pai.

Não consegui dizer mais nada durante o resto do almoço. Enquanto meu estômago embrulhava cada vez mais, só queria que tudo aquilo terminasse logo. Tentei ficar ali o máximo que pude, mas não estava dando mais. Então olhei no relógio e percebi que já passava das três da tarde. Havia ficado mais do que deveria, por isso, resolvi ir embora.

— Desculpa, pai. Tenho que ir. Preciso estudar um pouco. — Inventei essa desculpa, já ficando de pé.

— Mas já? Que pena, meu filho! Mas entendo. Ele vai ser um grande advogado — disse, olhando para Raquel.

Nesse momento Raquel me olhou de cima a baixo. Senti um gelo na espinha. Saí dali o mais rápido possível.

Já fora do restaurante, dentro do carro, respirei aliviado. Liguei a chave e pensei aonde poderia ir. Não queria ir para casa naquele momento; meu estômago ainda estava embrulhado e precisava voltar ao normal. Pensei em ligar para o Rodrigo e combinar de tomar uma cerveja, mas lembrei que alguns amigos da Priscila, irmã mais nova dele, iriam na casa deles, então ele teria que ficar por lá para o caso de precisarem de alguma coisa; por isso, achei melhor não ligar. Até poderia ir até lá, porém não estava muito a fim de barulho.

Comecei a seguir sem rumo certo. Passei por algumas ruas ali perto. O velocímetro do carro não passava dos 40 quilômetros por hora. Meus pensamentos ainda estavam naquele almoço indigesto. Pensei em Raquel; realmente, era uma linda garota, mas não o perfil de meu pai. Tive a certeza de que aquele relacionamento não duraria muito tempo. Liguei o som do carro o mais alto que pude, assim não conseguiria pensar em mais nada. Com uma mão no volante e a outra para fora do vidro, dirigi mais um pouco e, sem perceber, entrei em uma rua que dava para uma praça. Por instinto, parei o carro. Não gostava de frequentar praças, a não ser quando criança, mas, não sabendo o motivo, achei que seria bom parar um pouco ali.

Saí do carro e andei um pouco a pé. A praça até que era legal, só que estava um pouco descuidada. Duas crianças brincavam por ali. Foi neste momento que me lembrei de minha Thaís, minha irmã, e da falta que ela estava fazendo. Desde que havia ido fazer faculdade de música em outra cidade, quase não nos víamos. Tentávamos nos falar todos os dias pelo telefone, ou por mensagens no *WhatsApp*, porém, na correria do dia a dia, às vezes ficávamos uns dois dias ou mais sem nos falar. Desde criança sempre fomos muito apegados; adorávamos brincar na rua de casa com os outros vizinhos. Sempre gostei de ser o irmão protetor. Lembrei, inclusive, do dia que levou em casa seu primeiro namorado, quando ela havia completado quinze anos. Como eu tinha ficado enciumado! Depois que meu pai foi embora, achei-me no direito de ser o homem da casa. Mesmo minha mãe assumindo esse papel, queria defendê-las de qualquer perigo, e achava que o namorado de Thaís não servia para ela.

— Ele é muito magrelo — eu disse para Thaís, assim que Cristiano, seu namorado, havia ido embora.

— Olha só para você! Quem vê pensa que você tem um corpo malhado — respondeu, rindo.

— Mas sou mais fortinho que ele — falei, mostrando meus braços e tentando achar algum músculo neles.

— Felipe, pare de ser ciumento! O Cristiano é bem legal e você sabe disso.

— Sou o homem dessa casa e tenho o direito de dizer se ele é bom ou não para você. E acho que não é.

— Vá arrumar uma namorada para você e me deixe em paz! — gritou Thaís, já dentro de seu quarto, batendo a porta.

Corri atrás dela, mas a porta estava trancada e ela havia começado a tocar seu violão, enquanto cantava *Amanhã*, do Guilherme Arantes.

Sentei-me do lado de fora do quarto, encostado à porta, e, fechando os olhos, comecei a ouvir minha irmã cantando:

"Amanhã será um lindo dia
Da mais louca alegria
Que se possa imaginar
Amanhã!
Redobrada a força
Pra cima, que não cessa
Há de vingar
Amanhã mais nenhum mistério
Acima do ilusório
O astro rei vai brilhar
Amanhã
A luminosidade
Alheia a qualquer vontade
Há de imperar
Há de imperar".

Desde pequena, Thaís demostrava afinidade para tocar violão e cantar. Com o passar dos anos, foi aperfeiçoando este dom, e melhorando cada vez mais. Sempre teve uma voz linda e marcante, além de muito afinada. Ela não fazia esforço para cantar, era só abrir a boca que as músicas saíam perfeitamente.

Quando chegou o período para escolher qual curso fazer na faculdade, acabou optando por música, e foi morar em outra cidade, o que deixou minha mãe e eu um pouco tristes, mas logo acabamos nos acostumando.

Sorri, lembrando-me disso e vendo que as duas crianças brincavam de pega-pega, enquanto suas mães conversavam. Andei um pouco mais e vi um casal de namorados. Tudo indicava que estavam no início do namoro, pois não se largavam. A garota ficava olhando para o garoto, ao passo que ele acariciava seus cabelos. Vez ou outra, eles se abraçavam e se beijavam. Eles não queriam se largar; estavam aproveitando todos os segundos existentes naquele dia, pois, certamente, no dia seguinte, com a escola e seus afazeres, talvez não fossem ter tempo de se ver. De repente, a imagem de Bianca surgiu em meus pensamentos. Ela havia sido minha última namorada; uma das garotas mais lindas da faculdade. Muitos de meus amigos ficavam curiosos para saber como *eu* tinha conseguido namorá-la.

— Tenho meu charme — eu brincava.

Bianca surgira em minha vida em um momento que não pensava em namorar ninguém. O relacionamento que tivera antes dela havia sido bem perturbador, então tinha decidido não me envolver com mais ninguém. E então conheci Bianca na festa de calouros da faculdade. Por achar que ela nunca iria dar bola para mim, nos tornamos amigos, mas, quando menos esperávamos, acabamos ficando, e logo em seguida estávamos namorando.

Ela me completava. Queríamos estar juntos em todos os momentos. Um sentia a necessidade da presença do outro. Tínhamos até como música tema de nosso relacionamento *Alma Gêmea*, do cantor Fábio Junior, porque achávamos que nunca iríamos nos separar, só que...

Espantei meus pensamentos, voltando à realidade. Resolvi caminhar mais um pouco e deixar o casal namorar sem que ninguém estivesse por perto. Dei mais uma volta pela praça e acabei encontrando um celular em um dos bancos.

Olhei em volta. Não tinha mais ninguém por perto.

— Depois eu tento achar o dono — eu disse, colocando o celular no bolso. Voltei para casa com o estômago melhor. A sensação de enjoo já havia passado.

— Como foi o almoço com seu pai? — perguntou minha mãe, assim que entrei em casa.

— Foi bom — respondi, dando um beijo em seu rosto. — Mas vou me deitar, estou com um pouco de dor de cabeça.

— Tem *dipirona* em cima da geladeira. Tome que logo passa — ela orientou, enquanto voltava sua atenção para o filme que passava na televisão.

Dei mais um beijo nela e fui para o meu quarto.

Tirei meu celular do bolso, também aquele que tinha encontrado. Tentei achar algum telefone para o qual pudesse ligar em meio à lista de contatos. Localizei um que dizia "casa". Então marquei em um papel. Em seguida, ajeitei-me um pouco na cama. Meu estômago começou a doer mais uma vez e acabei adormecendo minutos depois.

Um pouco mais tarde, escutei um celular tocando. Imaginei que era o meu, e que talvez fosse Rodrigo me ligando, só que eu estava tão cansado e com tanta dor no estômago que nem tive forças, e muito menos vontade, de me levantar. Acabei dormindo novamente.

Isadora

"O amor não se vê com os olhos, mas com o coração."

— William Shakespeare

Caminhei a passos largos. Estava tão ansiosa para recuperar o meu celular que até parecia que a praça nunca chegava, que tinha ficado mais longe do que no dia anterior. Já estava ofegante e com a respiração um pouco acelerada quando, finalmente, cheguei. Parei um pouco e, pegando a garrafinha de água que levava na bolsa, tomei uns dois goles. Respirei profundamente para recompor o fôlego. Caminhei até o banco onde imaginei que pudesse ter esquecido o celular e percebi que alguém estava sentado nele. Um jovem; a voz no telefone já tinha me dado essa impressão. Fiquei um pouco receosa. Não conhecia a pessoa e, por isso, precisava ter cautela. Ele ainda não tinha me visto, olhava para o chão. Mesmo de longe, percebi que o rapaz segurava algo nas mãos, e conforme me aproximei mais, constatei que era um celular, certamente o meu. Dei mais alguns passos em silêncio e, chegando ao lado do banco, o rapaz virou-se.

Felipe, se esse fosse mesmo seu nome verdadeiro, levantou-se assim que me viu.

— Felipe? — perguntei, já parada à sua frente.

— Acredito que você seja a dona do celular!? — Fiz que sim com a cabeça. — Está aqui — disse ele, esticando uma das mãos e me entregando o aparelho. — Está do jeito que encontrei.

— Muito obrigada — respondi, pegando-o e verificando se realmente era o meu. Sem querer, minha mão acabou tocando na dele; no mesmo instante senti um frio na barriga.

— De nada... qual seu nome mesmo?

— Isadora.

— *Ok*, está entregue. Agora preciso ir — disse, já se virando e começando a andar.

— Me desculpe por ter sido mal educada! É que eu fiquei nervosa por ter perdido meu celular... quer dizer, pensei que tinha perdido — falei num impulso, sorrindo. O que estava fazendo? Não sei o que tinha me dado naquele momento ao querer conversar mais com ele, mas tive a certeza de que o queria olhar mais uma vez.

Felipe parou e voltou a olhar para mim. Foi neste momento que pude observar melhor seu rosto. Seus olhos castanhos brilhavam. Estava com os cabelos molhados e um pouco bagunçados; senti vontade de ajeitá-los, e percebi que, inconscientemente, uma de minhas mãos estava já se erguendo para fazerem isso. Sorte que me controlei a tempo.

— Tudo bem, eu entendo. Também ficaria preocupado e nervoso. Que bom que pude te devolver, mas realmente tenho que ir agora.

— Obrigada mais uma vez.

Felipe sorriu e, neste momento, senti as maçãs de meu rosto vermelhas.

Fiquei observando ele ir embora. Não estava entendendo o que estava acontecendo comigo; jamais havia sentido aquele frio na barriga. Não conseguia mexer minhas pernas, parecia que elas estavam presas ao chão. Fiquei vendo-o se distanciar e entrar em um carro. Logo ele passou pela rua, próximo a onde eu me encontrava e o vi, mais uma vez. Senti minha respiração um pouco acelerada. Imaginei que seria por causa da correria em chegar ali o quanto antes. Olhei no relógio e me dei conta de que se não me apressasse, nem na segunda aula entraria. Então literalmente corri para a escola.

— Você nem imagina quem eu encontrei ontem! — disse Giovana, assim que entrei na sala de aula. Tinha chegado antes do início da segunda aula, para meu alívio. Abri um sorriso, enquanto tirava meu material da bolsa e falei:

— Não imagino.

— Eu encontrei com o Fernandinho, você lembra dele? — perguntou, novamente com um sorriso que não cabia em seu rosto.

Fiquei olhando para ela, tentando me lembrar de quem ela estava falando.

— Com essa cara de boba que você está, deve ser alguém muito especial mesmo.

— Encontrei com o primo do Ricardinho, aquele que conheci aquela vez na festa da irmã dele, lembra agora?

— Ah! Sim! — respondi, recordando-me de quem ela estava falando.

— E não estou com cara de boba não! — falou, batendo um lápis na minha cabeça de brincadeira.

— Tá, sim! — afirmei, rindo.

— Então — ela continuou. —, ele veio conversar comigo, e mesmo depois de tanto tempo que não nos víamos, se lembrou de mim. Ele está ainda mais lindo — ela disse, suspirando e parecendo que estava vendo a imagem do Fernandinho bem na sua frente. — Mas pera aí! Por que você só chegou agora? — indagou, como se tentasse sair de seus sonhos e voltasse à realidade. — Perdeu a hora?

Eu iria começar a explicar o que tinha acontecido, mas o professor de matemática havia acabado de entrar na sala e não pudemos mais conversar. O jeito era esperar o intervalo mesmo. Giovana sentou-se em uma carteira ao meu lado, com um sorriso que não conseguia tirar do rosto. Provavelmente não iria prestar atenção em nada da aula, o que certamente eu também não conseguiria fazer.

Por mais que tentasse, não conseguia tirar Felipe da minha cabeça. Lembrei-me de sua voz ao telefone, mostrando ser paciente e educado, enquanto eu demostrava ser uma pessoa desesperada atrás de um celular. Senti-me horrível recordando isso. "Que idiota eu fui!", pensei. Depois lembrei daqueles olhos lindos, olhando para mim, e aquele cabelo bagunçado que, de certa forma, deixava-o ainda mais lindo. Algo nele me chamou a atenção; não sabia o que era, só sabia que não conseguia tirar ele dos meus pensamentos. Tentei me concentrar nas aulas, mas estava sendo impossível. Por um momento me peguei olhando para as minhas mãos, e era como se pudesse senti-las tocando nas de Felipe novamente. "Ele deve ter namorada, lógico que tem. Além do mais, ele nunca se interessaria por mim".

Quando finalmente a última aula acabou, até tentei conversar com a Giovana, só que ela saiu apressada:

— Isa, depois a gente conversa. O Fernandinho acabou de me enviar uma mensagem dizendo que está me esperando na porta da escola. Beijos! Depois nos falamos!

— Tudo bem — concordei, pegando minha bolsa, consciente de que estava perdendo minha companhia de volta para casa. Mas não liguei; assim poderia passar novamente pela praça.

O caminho da escola para a minha casa não incluía a praça, no entanto, senti a necessidade de estar ali. Era como se minhas pernas estivessem me levando para lá, sem que eu fizesse qualquer esforço. E conforme fui me aproximando do lugar, senti meu coração batendo acelerado. A imagem de Felipe sentado em um dos bancos surgiu em minha mente.

— Que ideia a minha! — pensei em voz alta, olhando à minha volta. — Até parece que alguém fica na praça o dia todo. — Balancei a cabeça, expulsando meus pensamentos. Comecei a andar apressadamente, tentando sair logo dali. — Só posso estar ficando louca. Não tem cabimento pensar em uma pessoa que só sei o nome e que vi uma única vez.

Em um impulso, comecei a correr para casa.

Felipe

"Aquilo que se faz por amor está sempre além do bem e do mal".

— Friedrich Nietzsche

Pensei que até já pudesse ter conhecido aquela garota antes. Pela idade que imaginei que teria, por volta de seus dezesseis anos, talvez até fosse amiga da Priscila. Realmente a havia achado bonita, além de ter também alguma coisa especial. Não entendia o motivo de estar pensando assim; só sabia que tinha gostado de a ter conhecido, mesmo que por alguns minutos apenas.

Entrei no carro e, enquanto ligava as chaves, revisei tudo o que teria que fazer naquele dia: ir ao estágio no escritório do Dr. Fernandes, malhar um pouco e então ir à faculdade. Olhei no relógio e percebi que já era quase oito da manhã, havia demorado mais do que imaginei. Mas, de certa forma, não estava ligando muito para isso. Tinha sido bom conhecer a dona desesperada daquele celular. Com esse pensamento, comecei a rir enquanto me lembrava de Isadora falando ao telefone algumas horas antes. Acelerei o carro um pouco; precisaria voltar para casa o quanto antes.

— Saiu cedo, meu filho? — perguntou minha mãe, assim que entrei em casa.

— Fui devolver um celular que achei ontem — respondi, dando um beijo em seu rosto.

— Que bom. Mas agora tome seu café, porque saco vazio não para em pé — disse, colocando um pouco de café na xícara e me oferecendo.

— Obrigada, mãe. E você, não vai trabalhar hoje? — indaguei, enquanto engolia um pedaço de pão.

— Só mais tarde. Vou no médico agora cedo — disse, sentando-se para tomar o seu café também.

— Está tudo bem? A senhora está sentindo alguma coisa? — Fiquei um pouco preocupado. Minha mãe não costumava ir muito em médicos.

— Pode ficar despreocupado, é só exame de rotina. Coisa de mulher. — Ela riu, ao mesmo tempo que engolia o restante de café da xícara.

— Que bom... — Olhei no relógio, engolindo o último pedaço de pão. — Vou me arrumar para ir para o estágio. O Dr. Fernandes não gosta que ninguém chegue atrasado; e pelo jeito, vou me atrasar se não sair logo.

Minha mãe assentiu com a cabeça. Em questão de vinte minutos depois, eu já estava no portão de casa, entrando no carro. Acabei chegando ao escritório antes mesmo de o Dr. Fernandes perceber que havia me atrasado dois minutos.

— Felipe, hoje terei uma audiência no fórum e quero que você me acompanhe, assim você já vai se familiarizando com esse tipo de situação — disse o Dr. Fernandes, assim que chegou no escritório e me viu tirando algumas cópias de processos. — Sairemos daqui a meia hora. Não se atrase!

Abri um sorriso e fiz que sim com a cabeça. Terminei de tirar as cópias o mais rápido que pude e logo estava na recepção para o aguardar.

Já fazia quase seis meses que estava estagiando ali e não via a hora de acompanhar uma audiência. De certa forma, senti-me um pouco nervoso e minhas mãos suaram. Muito conhecido na cidade, dificilmente Dr. Fernandes perdia uma ação trabalhista. Desde quando comecei a fazer faculdade, imaginei-me estagiando em seu escritório, e quando isso finalmente aconteceu, fiquei muito realizado. Iria prestar atenção em cada detalhe, em tudo o que ele dissesse.

Já no fórum, Dr. Fernandes orientou Dona Margarida, sua cliente —, uma simpática mulher, que deveria ter seus cinquentas anos —, a respeito do que deveria ou não dizer diante do juiz. Ela havia sido mandada embora de seu último emprego sem receber nada, então, Dr. Fernandes tentaria um acordo com a empresa.

Uma jovem estava acompanhando Dona Margarida e isso me fez lembrar novamente de Isadora. Aquela garota não queria sair de meus pensamentos, e, num impulso, olhei para as minhas mãos, relembrando o momento em que havia tocado nas dela. Isadora não apenas se encontrava invadindo meus pensamentos, mas também, de certa forma, meu coração.

— Felipe! Venha, já vamos entrar — chamou Dr. Fernandes. Olhei novamente para a garota e então entramos.

Estava ainda eufórico quando cheguei à academia, depois do expediente no escritório. No começo, a Matriz & Matriz, uma empresa de confecção de roupas femininas, tinha alguns bons argumentos contra a Dona Margarida, falando que ela faltava muito, ou que sempre arrumava uma desculpa para sair mais cedo do trabalho; mas isso não intimidou o Dr. Fernandes que, firme em seus argumentos, conseguiu reverter a situação, dizendo que a empresa explorava seus funcionários, fazendo-os trabalhar além do expediente, e sem pagar horas extras, além de não proporcionar um ambiente adequado para o trabalho, com falta de ventilação e água. Tudo correu de forma tão tensa que eu nem consegui piscar.

No final, Dr. Fernandes e sua cliente ganharam quase cem mil reais de indenização, e a empresa Matriz & Matriz, uma multa pelas más condições de trabalho. Com as fotos que o Dr. Fernandes apresentou a respeito da empresa, certamente ela não teria como recorrer àquela multa, e teria que melhorar o ambiente e as condições de trabalho de seus funcionários; caso contrário, pagaria mais indenizações.

Estava com a adrenalina à flor da pele quando entrei na academia. Coloquei o fone nos ouvidos e, ao som de *Alok,* fui fazer meus exercícios. Um pouco de bíceps, tríceps, pernas, e para finalizar, costas. Estava com uma mistura de sentimentos bons. Apesar de o dia anterior não ter sido nada agradável durante o almoço, agora me encontrava agradecendo ao meu pai, pois devido às circunstâncias havia achado o celular de Isadora.

Quando já havia terminado os exercícios, corri para tomar

um banho. O suor que estava escorrendo por meu corpo começou a me incomodar. Tomei uma ducha bem gelada.

— Fala, Felipe! Tudo bem? Já vai embora — disse Rodrigo, assim que me viu saindo do banheiro.

— Tudo bem, Rodrigo. Então, já estou indo sim.

— Espera aí que vou pegar uma carona com você! Tô sem carro. Já tinha vindo aqui mais cedo e só voltei para pegar meu celular que tinha esquecido.

Quando Rodrigo falou aquilo, lembrei, mais uma vez, de Isadora e de seu celular. Ri novamente sozinho.

— Pronto — disse Rodrigo, já com o celular nas mãos. — Não posso jamais ficar sem isso aqui; vai que alguma gatinha me liga!?

Dei um tapinha em suas costas e fomos até meu carro; a aula na faculdade logo iria começar.

Isadora

"Quando um primeiro encontro dá certo, é assim: Você sente a emoção de abrir a primeira página de um livro. E sabe, instintivamente, que vai ser um livro bem longo."

— David Levithan

O final de semana chegou, e junto com ele meus pensamentos, que continuavam naquele garoto que nem sabia direito quem era. Talvez fosse por esse motivo que a minha curiosidade tinha aflorado tanto; também pelo fato de o ter achado muito bonito. Tentei me concentrar durante todo o sábado nos estudos, refiz o mesmo exercício de biologia umas dez vezes, mas volta e meia me deparava com a imagem de Felipe me olhando, enquanto entregava meu celular. Era como se a presença dele estivesse cada vez mais próxima. Comecei a achar tudo aquilo muito estranho, só que senti algo muito bom também.

— Isadora, a Giovana acabou de chegar — disse minha mãe, entrando em meu quarto e me despertado de meus pensamentos. — Mas nada de conversinhas! Você precisa estudar um pouco mais — concluiu, saindo.

Olhei para minha mãe e assenti com a cabeça. Será que nem no final de semana ela me daria uma folga? Olhei no relógio do celular e já era quase sete da noite; nem havia percebido que já era tão tarde. Dei um longo suspiro e logo Giovana apareceu na porta.

— Isa, você nem acredita! — começou, toda animada, assim que me viu. — Daqui a pouco vai rolar uma super festa na casa da prima da Fernanda, que é uma garota que estuda comigo no curso de inglês — explicou. — Quero muito que você vá — continuou, sentando-se nos pés da minha cama e pegando Bili no colo para acariciá-lo.

Bili retribuiu o carinho e se ajeitou mais em seu colo.

— Nem pensar! Se eu falar que vou sair, minha mãe nem vai deixar — respondi, sentando-me ao seu lado e esticando um pouco as pernas para relaxar. — Então, é por isso que você está toda arrumada? — eu disse, conferindo sua roupa.

— Claro, né! Mas pode deixar que eu peço a ela. Eu convenço a Dona Cristiana; você vai, sim — disse, rindo, e já indo em direção à porta.

— Nem adianta. Nem se o Papa vier pedir, ela me deixaria sair hoje. E além do mais, estou muito cansada, quero ficar em casa. Vou dormir cedo, fiquei estudando o dia todo — respondi, jogando-me para trás e me deitando na cama.

— Vamos, vai ser bem legal! E quem sabe não tem algum gatinho por lá!? Tipo um Felipe — disse, piscando, enquanto jogava uma almofada que estava no chão em minha direção.

Eu tinha contado sobre o Felipe para ela, que, por sinal, disse que eu deveria passar todos os dias pela praça para, quem sabe, encontrar com ele novamente. Até parece que ele iria ficar indo em praças todos os dias!

— Até parece que ele vai estar lá — respondi, jogando a almofada de volta, mas ela desviou em seguida.

— Quem sabe, vai lá saber! Por favor, Isa, vamos? O primo do Ricardinho vai estar lá — implorou, fazendo sinal de oração com as mãos.

— E eu vou ficar de vela? Nem louca! Se bem que já pareço uma mesmo, porque ninguém quase conversa comigo — respondi um pouco desanimada, lembrando da última festa que tínhamos ido.

— Lógico, você fica muda! E só sabe rir quando algum garoto vem falar com você. Sem contar que você disse que gosta de ficar observando as pessoas, lembra disso? — disse, virando-se para o espelho enquanto retocava seu batom vermelho.

— Sua boba, não é bem assim. A verdade é que quando vou falar com alguém, a voz não sai — retruquei, chateada.

— Isa, eu te entendo, mas você precisa tentar deixar essa vergonha toda de lado. — Sentou-se novamente ao meu lado. — Nem beijou ainda; e tímida desse jeito, só vai piorar — continuou: — Você precisa enfrentar essa timidez. Só que para isso vai precisar se esforçar um pouco — concluiu, olhando uma mensagem que havia acabado de chegar em seu celular. — Vamos, vamos! — insistiu mais uma vez e tentou me puxar para fora da cama. — Animaçãooooooo!

Tudo bem que eu ainda não havia beijado ninguém, mas ela não precisava ficar jogando isso na minha cara. E por mais que isso ainda não tivesse acontecido, não queria beijar apenas por beijar. Desejava que fosse com uma pessoa realmente especial. Alguém que gostasse de mim. E eu sabia que quando isso acontecesse, seria muito mágico. O primeiro beijo só existe uma única vez e queria que ele fosse especial. Foi nesse momento que me lembrei novamente de Felipe e de cada detalhe de sua fisionomia.

— Isa, Isa... — chamou Giovana, acordando-me de meus pensamentos. — Você vai, sim, nem que eu tenha que tirar você à força dessa cama aí — afirmou, puxando meus braços numa tentativa de me levantar da cama.

Abri meus olhos e percebi que aquilo estava virando uma obsessão. Eu precisava esquecer aquele garoto.

— Nem adianta, minha mãe não vai deixar — respondi, voltando para a realidade e já aceitando que continuaria em casa no final de semana. Fechei meus olhos novamente, com força, na tentativa de apagar a imagem de Felipe.

— Posso entrar? — perguntou meu pai, parado na porta do meu quarto.

— Claro! Entra, pai — respondi, pulando da cama para dar um beijo nele.

— Por que você ainda não está pronta? — perguntou, encarando-me sério e com cara de bravo, o que era quase impossível, pois ele sempre estava de bom humor.

— Pronta para quê? — indaguei, surpresa e sem entender o que ele estava falando. Será que iríamos à casa da minha avó e nem estava sabendo?

Ele continuou me encarando; depois olhou para Giovana, dizendo: — Giovana, se você não ajudar a sua amiga a se arrumar logo, vocês chegarão atrasada na festa.

Fiquei sem resposta naquele momento, mas a Giovana respondeu por mim: — É para já! — E já foi abrindo a porta do guarda-roupa e escolhendo uma peça.

— Deixa que eu me entendo com a sua mãe. Você já estudou bastante esta semana — ele disse, dando-me um beijo no rosto e saindo.

— Pai! — eu o chamei quando ele já estava na porta. — Eu te amo! — falei e corri para abraçá-lo.

— Eu também, filha. E ordeno que você se divirta! — concluiu, saindo e rindo.

— O senhor Ronaldo é o melhor — comentou Giovana. — Coloque este aqui! — Entregou-me um vestidinho preto que ela mesma havia me dado de presente de aniversário. Tinha usado aquilo apenas uma vez, porque achava que era um pouco curto e não estava acostumada; mas Giovana insistia em dizer que eu tinha umas pernas bonitas e precisava valorizá-las. Então combinei o vestido com uma sandália Anabela nude. Rapidamente Giovana fez uma maquiagem em mim, que por sinal, ficou linda, e prendeu meus cabelos em um lindo rabo de cavalo.

— Pronto! — concluiu, dando-me o espelho.

— Uau! Ficou lindo. Como você consegue fazer milagres? — perguntei, olhando novamente no espelho e me achando muito bonita.

— Você é linda, minha amiga; só precisa lapidar essa beleza toda que está escondida aí. Mas agora, vamos! Já estamos atrasadas e eu não quero perder nem um segundo — declarou, puxando-me pelo braço e saindo do quarto.

— Vocês estão lindas, garotas! — meu pai elogiou assim que parei na sala para me despedir. — Tenham juízo! — completou.

— Pode deixar — respondi com uma piscadinha.

Minha mãe me olhou. Sabia que aquele era um olhar de desaprovação e que certamente teria que estudar dobrado para compensar minha saída naquela noite; mas, para a minha surpresa, ela disse:

— Divirtam-se!

Abri um enorme sorriso de alegria e voltei para abraçá-la.

A mãe da Giovanna já estava no portão nos esperando. E foi só o tempo de entrarmos no carro para ela seguir viagem. Durante o percurso até a festa, olhei-me no espelho várias vezes. Estava me sentindo bonita; me senti feliz.

— Será que eu não posso ficar na festa com vocês? Parece tão animada — brincou dona Cida, assim que chegamos.

— Mãe! Claro que não! — respondeu Giovana, já pulando para fora do carro. — Você quer queimar meu filme?

— Que pena. Eu iria fazer o maior sucesso. Poderia ensinar uns passinhos de dança, eu era a maior dançarina no tempo do meu colegial.

— Por mim, a senhora poderia ficar. — Entrei na brincadeira também, enquanto Giovana me encarava em sinal de desaprovação.

— Outro dia. Divirtam-se, meninas! — Ela riu e logo saiu cantando pneus. Fiquei parada do lado de fora da casa. Um jardim perfeitamente cuidado dava boas-vindas para qualquer visitante. Pude sentir o cheiro da *dama da noite* e puxei a respiração para sentir um pouco mais daquele perfume. Olhei para o céu e a Lua cheia mostrava-se radiante para que tinha vindo. Senti naquele momento a brisa da noite.

— Meninas, que bom que vocês vieram, entrem! — disse Fernanda, assim que abriu a porta.

— Oi, Fê, essa é minha amiga, Isadora — Giovana cumprimentou toda animada.

— Pode me chamar de Isa — respondi, também cumprimentando Fernanda com três beijinhos no rosto.

— Venham, meninas, a festa está bem animada! — falou Fernanda, nos puxando pelo braço.

Enquanto seguíamos a anfitriã, pude ouvir o som que vinha dos fundos da casa. Giovana já estava entusiasmada. Seguimos por um corredor e logo chegamos onde a festa acontecia. Um DJ comandava as músicas, que, por sinal, estavam bem enérgicas. Mais tarde fiquei sabendo que ele era irmão da Fernanda e que tocava como DJ profissional fixo em uma boate da cidade.

Bem desinibida e conhecendo a maioria dos que estavam ali, Giovana cumprimentou a todos e, como sempre, eu ficava atrás dela, dando sorrisinhos tímidos enquanto ela me apresentava.

— Essa aqui é minha amiga Isa — disse, parando em um grupo de meninas. — Elas são minhas amigas do curso de inglês: Rebeca, Laís, Alessandra e Cintia — prosseguiu, apontando cada uma.

Sorri, cumprimentando-as. Então fiquei parada ali, escutando a conversa delas. Percebi que falavam de um tal de Marcelo, por quem, pelo o que eu havia entendido, a Cíntia estava gostando, mas ele não apresentava nenhum sinal de interesse. Assim, as outras meninas estavam dando alguns conselhos.

— Eu acho que você deveria ir lá e conversar com ele — disse Rebeca.

— Eu discordo. Você tem que demonstrar que não está nem aí; homens gostam de mulheres difíceis — declarou Laís.

— Cansei! — Cíntia falou, confusa, indo para o banheiro.

— Espera! — gritou Laís, correndo atrás da amiga.

As outras, por sinal, continuaram dando suas opiniões.

— O que você acha de tudo isso? — perguntei, virando-me para Giovana, mas ela não estava mais ali.

Havia ficado tão interessada na conversa das outras garotas, que nem notei que Giovana estava conversando com o Fernandinho em outro lugar.

Sorri para ela e percebi como minha amiga estava feliz naquele momento.

Realmente eles formavam um lindo casal.

Resolvi andar um pouco pela festa e acabei sendo atraída por uma porta, que se encontrava entreaberta e que dava para um dos cômodos da casa. De tanto minha mãe ficar me cobrando nos estudos, já estava com dor de cabeça e o som alto me incomodando um pouco. Acabei entrando. Um lindo abajur iluminava uma estante. Fiquei surpresa quando, aproximando-me, vi que tinham livros ali. Mais de perto pude perceber que não era qualquer estante, mas sim uma enorme; talvez de uns três metros de altura com uns seis metros de comprimento. Deveria ter mais de mil livros ali. Sempre gostei muito de ler, e como todo apaixonado por livros, desejava um dia ter uma linda biblioteca particular como aquela em casa.

Comecei a olhar alguns livros, enquanto tentava ver seus autores: Guimaraes Rosa, Vinicius de Moraes, Cecília Meireles, Clarice Lispector, Monteiro Lobato, Paulo Leminski, José Saramago, Joyce Silva, Nicholas Sparks, André Francischetti Moreno, entre outros. Era uma infinidade e todos se encontravam muito bem organizados. Não me contentando apenas a olhar, tirei um deles da estante, abrindo-o em uma página qualquer. Vinicius de Moraes. Sim, um dos meus poemas preferidos.

Comecei a ler, empolgada pela feliz coincidência:

"De tudo, ao meu amor serei atento
Antes, e com tal zelo, e sempre, e tanto
Que mesmo em face do maior encanto
Dele se encante mais meu pensamento."

— A festa é lá fora — disse uma voz, parada à porta, interrompendo minha leitura.

Felipe

"Meu destino
Nas palmas de tuas mãos
leio as linhas da minha vida.

Linhas cruzadas, sinuosas,
interferindo no teu destino.
Não te procurei, não me procurastes –
íamos sozinhos por estradas diferentes.

Indiferentes, cruzamos
Passavas com o fardo da vida...

Corri ao teu encontro.
Sorri. Falamos.
Esse dia foi marcado
com a pedra branca da cabeça de um peixe.

E, desde então, caminhamos
juntos pela vida..."

– Cora Coralina

Escutei o livro caindo de suas mãos. Ela lia com tanta empolgação, que havia se esquecido que rolava uma festa eletrônica do lado de fora da casa. Até parecia que estava fazendo um sarau particular, sem se importar se alguém entrasse ali naquele momento.

Fiquei um pouco mais na porta. Mal dava para ver seu rosto; apenas sua silhueta estava sendo desenhada pela sombra.

— Me desculpe, não queria te assustar! — finalmente eu disse, caminhando para mais perto dela.

Enquanto ela se levantava, já com o livro nas mãos, percebi seu sorriso; era um pouco envergonhado, mas, mesmo assim, um sorriso encantador. Conhecia aquele sorriso.

— Tudo bem — respondeu. — Eu não deveria ter entrado aqui. Já vou sair — concluiu, colocando o livro no mesmo lugar da estante de onde o havia tirado.

— Tudo bem, pode ficar — eu disse, aproximando-me; queria ver seu rosto mais nitidamente. — Só estava brincando.

— Já estou saindo — ela falou mais uma vez, ainda de cabeça baixa, envergonhada.

— Você prefere se esconder em bibliotecas ao invés de curtir festas, Isadora? — indaguei, enquanto ela caminhava apressada até a porta, ainda de cabeça baixa.

— Você me conhece? — perguntou, surpresa, virando-se em minha direção.

— A garota que perdeu o celular.

Isadora continuou parada, me olhando. Suas maçãs do rosto estavam vermelhas. Agora parecia que estava me reconhecendo.

— Nunca havia perdido o celular antes e agora fiquei mundialmente conhecida por isso. — Sorriu. — Não o havia reconhecido devido à pouca luz daqui, me desculpe.

— Sem problemas, mas acho que talvez você devesse ter perdido seu celular antes; quem sabe já estaria nas telas do cinema!

— Poderia ganhar um bom dinheiro com isso.

— Certamente, sim... então, além de perder celular, você gosta de se esconder em bibliotecas?

— Gosto muito de frequentar bibliotecas, me sinto em paz. É como se eu saísse da minha realidade por um tempo e me transportasse para aquilo que está nas páginas — respondeu, parecendo estar um pouco mais à vontade. — Você não? — perguntou, aproximando-se um pouco mais.

— Talvez, mas não gostaria muito que um monstro de dez cabeças, quinze braços e dez pernas, ficasse correndo atrás de mim. — Eu ri.

Ela riu também, mostrando muita espontaneidade.

— Certamente não gostaria de estar participando disso não. A não ser que tivesse um cavalheiro, cavalgando em um lindo cavalo branco, para me salvar.

— Hum, interessante! Mas acho que teria que ser daqueles cavalheiros com grandes armaduras, cabelos compridos e barbas por fazer.

— Acho melhor uma versão mais atualizada.

— Ou, quem sabe, uma guerra nas galáxias, com o Jedi te perseguindo. Ou, melhor ainda, no tempo das cavernas.

— E depois que eu fosse salva de um grande dinossauro, meu herói me puxasse pelos cabelos, me levando embora para uma caverna.

— Seria bom você colocar uma peruca, porque caso contrário ficaria sem cabelos.

— Duvido muito, com o tanto de cabelo que tenho, mas aceito a ideia da peruca.

Ela caminhou para mais perto do abajur. Assim, consegui ver melhor seu rosto.

Estava ainda mais bonita.

— Você não está gostando da festa? — arrisquei-me.

— Estou sim; é que tive um pouco de dor de cabeça e achei que aqui seria um bom lugar — disse, folheando aleatoriamente as páginas de um livro que estava em cima da escrivaninha.

— E melhorou?

— Está melhor, sim, obrigada. Quando eu era criança, sempre gostava de ir à biblioteca que fica no centro da cidade — comentou, ainda folheando o livro. — Eu chegava logo que ela abria e só ia embora no final da tarde, quando minha mãe ia me buscar — continuou. — Sempre quis ter uma biblioteca particular, mas infelizmente minha casa não tem muito espaço; mesmo assim, tenho alguns livros que compro ou que acabo ganhando, e você?

— Gosto de ler, mas acredito que não igual a você. Preferia jogar futebol. Meu pai sempre ia comigo aos finais de semana em um campinho que tinha perto da minha casa, só que depois... — Parei um pouco. — Depois da separação dos meus pais, nunca mais tive isso. Acabei deixando o futebol de lado. É como se o futebol estivesse ligado ao meu pai.

— E hoje?

— Às vezes a gente vai assistir a um jogo ou outro, mas não é mais a mesma coisa.

— Talvez seja algum bloqueio, com o tempo pode melhorar.

— Talvez.

Seus olhos me olharam com extrema ternura. Era como se ela estivesse entendendo tudo o que eu estava sentindo, e isso me deixou em paz.

— E você? — perguntei, enquanto ela me olhava.

— O que tem eu?

— Por que os livros?

— Me sinto bem, me sinto eu mesma. Quando estou lendo alguma coisa, não tenho que me preocupar se o meu cabelo está penteado ou se a minha roupa está condizente com a moda. Posso ler em qualquer lugar; posso entrar naquele mundo sem que alguém me dite o que eu tenho ou não que fazer, não tenho ninguém cobrando meus afazeres. É somente eu e minha leitura. Posso "viajar" com os personagens, com as histórias. Podemos aprender muito com os livros.

— Sem cobranças, sem rótulos — eu disse, aproximando-me da estante e pegando um dos livros. — "Sou como você me vê. Posso ser leve como uma brisa ou forte como uma ventania, depende de quando e como você me vê passar." Clarice Lispector — continuei.

Isadora assentiu e caminhou até uma porta, que estava aberta e que dava para um outro lugar do quintal. Fui atrás, enquanto ela parava perto de outro jardim da casa.

— Será que podemos ser denunciados por invasão de propriedade? — brincou.

— Talvez, mas eu conheço um bom advogado.

— Vou me lembrar disso.

Demos mais alguns passos. O jardim era maior do que o que havia na entrada da casa. O pouco vento que tinha naquela noite havia sido suficiente para desmanchar uma mecha de seu cabelo. Isadora calmamente passou as mãos, ajeitando os fios que ficaram soltos. De perfil, percebi que os traços marcantes de seu rosto a desenhavam perfeitamente. Suas bochechas estavam bem rosadas. — Olha como é bom ficar ouvindo a quietude da noite! Só a Lua, só as estrelas — ela disse, enquanto olhava para o céu.

— Sim, mas ficar sozinha à noite pode também ser perigoso; ainda mais se você só viu duas vezes a pessoa que está ao seu lado. Você não tem medo disso?

— Talvez, mas essa pessoa demostrou ser diferente quando devolveu meu celular.

— Do jeito que a pessoa estava nervosa, não tinha como não devolver — falei, sorrindo, também a acompanhando ao olhar para o céu.

— Olhe as três Marias! Minha mãe dizia, quando eu era criança, que não podia apontar o dedo para as estrelas, porque senão nasceria uma verruga na ponta do meu nariz.

— E nasceu?

— Nunca apontei o dedo — respondeu, rindo.

Ficamos em silêncio. Isadora continuou olhando a Lua. Vendo-a ali, do meu lado, percebi que era uma pessoa especial e senti um frio na barriga. Abaixei-me e tirei uma rosa de um dos galhos da roseira.

— Além de invasão de propriedade, agora poderemos ser acusados de furto, mas estou disposta a correr o risco — ela respondeu, pegando a flor e agradecendo com um sorriso.

Isadora

"Não se afobe, não
Que nada é pra já
O amor não tem pressa
Ele pode esperar em silêncio
Num fundo de armário
Na posta-restante
Milênios, milênios
No ar [...]".

— Chico Buarque

Acordei me lembrando do dia anterior e da noite maravilhosa que havia tido. Ficamos conversando durante toda a festa naquele jardim e acabei nem percebendo as horas passarem. Tudo estava fluindo tão bem, que nem estava com vontade de ir embora. E tive a sensação de que Felipe sentira o mesmo.

— Preciso ir embora agora — ele disse finalmente, olhando no celular quando já era quase duas da manhã.

— Está tudo bem? — perguntei.

— Está sim. É que meu pai me enviou uma mensagem, dizendo que quer almoçar comigo amanhã.

— Que bom.

— Não sei se vai ser muito bom assim — Felipe respondeu, parecendo um pouco desanimado.

— Mas por quê? Posso saber o motivo?

— Na semana passada ele me fez o mesmo convite e era para apresentar sua nova namorada.

— Hum, talvez ele queira conversar um pouco com você sobre isso.

— Ou talvez ele queira apresentar outra namorada — disse ele, lembrando do último almoço.

Acabei rindo pela cara de nojo que ele fez.

— Me desculpe, mas você fez uma cara que não consegui me conter... Bem, não pense assim, talvez seja uma coisa boa.

— Vamos ver... vamos ver. Infelizmente, tenho que ir mesmo, já está tarde e terei que acordar cedo amanhã — falou, levantando-se.

— Obrigada pela companhia está noite — agradeci, também me levantando e ficando apenas a alguns centímetros de distância dele.

Ficamos olhando um para o outro. Senti minhas pernas estremecerem e meu coração batendo acelerado. Várias coisas começaram a surgir em meus pensamentos, principalmente a ideia de que ele pudesse me beijar. E se isso acontecesse, o que eu faria? Viraria o rosto? Fecharia os olhos e retribuiria o beijo? Ou sairia correndo?

— Também gostei — ele respondeu, aproximando-se um pouco mais.

Respirei profundamente e tentei controlar minhas pernas, que estavam dando sinais de moleza. Fechei meus olhos, imaginando como seria meu primeiro beijo. Aquela noite estava sendo inesquecível. Tudo estava acontecendo igual a muitas histórias que havia lido. Senti um pouco melhor seu perfume que, por sinal, estava maravilhoso, combinando perfeitamente com aquela Lua iluminando o seu rosto. Continuei com os olhos fechados e senti seus lábios tocando minha bochecha.

Bili começou a lamber meu rosto, me acordando para a realidade. Retribuí dando um abraço caloroso nele e pegando meu celular para ver que horas eram. Já passavam das duas da tarde.

— Nem tinha visto está mensagem — eu disse, sentando-me na cama.

> *Não se afobe, não*
> *Que nada é para já*
> *O Amor não tem pressa*
> *Ele pode esperar em silêncio*
> *Num fundo de armário*
> *Na posta-restante*
> *Milênios, milênios*
> *No ar*

Fiquei sem entender e continuei com os olhos fixos no celular. A mensagem não tinha identificação, impedindo-me de saber o remetente. Olhei a hora do envio: oito da noite. Vasculhei meus pensamentos e lembrei que naquele horário estávamos a caminho da festa. Pensei mais um pouco.

— Só pode ser alguém que enviou errado — eu disse em voz alta.

Minha barriga estava roncando de fome, por isso, num impulso, pulei da cama e fui comer alguma coisa na cozinha.

> Isa, fomos para a casa da sua vó. Tem lasanha no forno.
> Mamãe

O bilhete da minha mãe estava em cima da mesa, juntamente com um embrulho de presente. Não era meu aniversário e não havia nada para comemorar. Abri, desconfiada.

— Ah! Claro, coisas da minha mãe — eu disse, desanimada, segurando o aparelho de medir pressão. — Só faltava isso para a coleção, depois de ela ter me dado um jaleco bordado "Dra. Isadora"; um termômetro e um *kit* de primeiros socorros. Tinha certeza de que a minha saída de ontem não ficaria por menos; isso é para eu não me esquecer de estudar dobrado hoje.

Peguei um pedaço da lasanha, que estava no forno, um copo de suco de laranja na geladeira e voltei para o meu quarto. A casa estava silenciosa, deixando-me com vontade de voltar para a cama e sonhar novamente com Felipe. Sabia que se minha mãe chegasse e me visse dormindo, ficaria reclamando.

— Não me importo! — respondi, dando de ombros, enquanto deixava o suco e o prato de lasanha, que mal tinha tocado, em cima da escrivaninha. — Hoje só quero lembrar de você. — Deitei-me na cama e fechei meus olhos, enquanto Bili se ajeitava perto de meus pés.

Felipe

Saudade
[...] Ah! Saudade...
Por que não trocar seu significado?
Por que tentar esquecer e não mais sofrer?
Mas não, a saudade não tem compaixão,
Vive constantemente em nossas vidas
E não tem explicação.
Ah! Tempo que não volta,
Apenas fica guardado na memória
Fazendo com que sintamos saudade
Daqueles que foram, daquilo que mudou,
Daquilo que se transformou.
E se um dia ela se for,
Deixará saudade em quem ficou. Saudade...

— Joyce Silva

Cheguei ao restaurante *Chaplon* antes do meu pai. Ainda estava um pouco vazio, mas algumas pessoas já almoçavam e logo todas as mesas estariam ocupadas. Meu pai sempre gostou de almoçar lá, assim, toda vez que ele me chamava para isso, eu nem precisava perguntar em qual restaurante, pois já sabia a resposta. Acho que ele até tem alguma carteirinha de freguês cativo. Conferi no relógio e era quase meio-dia, o horário combinado para ele chegar.

— Vai querer beber alguma coisa? — perguntou o garçom, assim que me sentei.

— Uma água com gás — respondi, analisando o cardápio.

Ainda com sono, desejei estar naquele momento em minha cama. Lembrei do último almoço e de como havia sido desagradável; não queria que hoje fosse igual. De certa forma, a noite anterior tinha sido muito legal e não queria estragar meu final de semana com um almoço indigesto. Recordei-me dos almoços em família; tudo era bem melhor. Minha mãe sempre cozinhou muito bem e fazia a comida preferida de cada um. Conversávamos e ríamos muito. Senti um pouco de nostalgia naquele momento e desejei que tudo fosse igual a antes.

O garçom deixou a água na mesa e, no mesmo instante, meu pai chegou. Assim que me viu, abriu um grande sorriso e acenou. Estava acompanhado, mas não era Raquel. Não fiquei nada surpreso por isso.

— Meu filho! — disse, abrindo seus braços para me abraçar.

Levantei-me para cumprimentá-lo e em seguida sua acompanhante.

— Filho, quero que conheça Patrícia, minha futura esposa e sua futura madrasta — falou, olhando para ela com um enorme sorriso, que mal cabia em seu rosto.

Sentei-me e, como se meu pai estivesse vendo o ponto de interrogação em minha cabeça, continuou:

— Conheci a Patrícia no domingo passado, à noite. Não deu certo o meu relacionamento com a Raquel, lembra dela?

— disse, referindo-se à sua ex-namorada. — Temos ideias totalmente diferentes, e acabamos terminando, então fui a um barzinho para tomar uma cerveja e, quando pensei que iria ficar um bom tempo sem conhecer outra pessoa, a Patrícia me viu sozinho, no bar, e pagou uma bebida para mim. Começamos a namorar no mesmo dia e cá estamos nós, juntos e planejando nosso casamento.

— Hum, mas não é cedo demais para pensar em casamento? — perguntei, engolindo a água e imaginando que aquilo seria mais uma aventura do meu pai.

— Claro que não, meu filho! Para o amor não tem hora. A Patrícia é uma mulher madura, já foi casada e tem uma filha que tem quase a sua idade. Para que esperar se estamos apaixonados! — afirmou, abraçando-a.

Fiquei olhando os dois. Patrícia, pelo jeito, deveria estar com seus quase cinquenta anos. Tinha alguns traços que lembravam minha mãe: olhos negros; cabelos também negros, que iam até os ombros; um rosto redondo e as maçãs do rosto bem coradas. Talvez fosse esse o motivo para o meu pai falar em casamento. Sempre acreditei na ideia de que ele ainda não havia aceitado a separação e, de certa forma, tivesse esperanças de voltar com minha mãe. Só que quando penso que isso pode acontecer, ele sempre aparece com uma nova namorada.

Ficamos sem dizer nada. Tentei me concentrar apenas nos músicos e na música que eles cantavam. Não sabia o que dizer. Não sabia o que pensar. Será que cada domingo seria uma namorada diferente?

— Seu pai disse que você faz curso de Direito — falou Patrícia, quebrando o silêncio.

— Sim, estou no segundo ano.

— Quando eu era garota também pensei em fazer Direito, mas acabei cursando Contabilidade.

— Vocês já vão fazer o pedido? — perguntou o garçom, chegando em nossa mesa.

— Vamos, sim. Pode nos trazer três pratos de bife à parmegiana, acompanhados de arroz e porção de batatas.

— Sim, senhor — respondeu o garçom, anotando o pedido e logo saindo.

Meu pai ainda sabia perfeitamente o prato que eu mais gostava de comer quando era criança e isso me deixou muito feliz. Mais uma vez, a saudade dos almoços em família bateu em meu coração.

— Patrícia é dona de um escritório de contabilidade que fica aqui pertinho — continuou meu pai.

— Que bom. Eu já não sei se me daria bem como contador; não tenho dom para matemática — comentei, sentindo-me um pouco mais relaxado e à vontade.

— Para matemática tem que gostar, mas hoje em dia existem muitos sistemas que fazem os cálculos para nós.

— Entendi — respondi, assentindo com a cabeça.

Os dois pareciam felizes e acabei ficando também. Desejei que aquela mulher não fosse Patrícia, mas sim Lúcia, minha mãe. Desde a separação, minha mãe não teve nenhum outro relacionamento sério e isso me deixava triste às vezes, porque sei que ela sentia a falta de um companheiro. Apesar de ser um pouco ciumento, sempre desejei a felicidade de minha mãe e acredito que ela deveria também encontrar um novo amor.

— Você lembra que pedia para sua mãe fazer isso todo final de semana? — perguntou meu pai, assim que o garçom deixou os pratos na mesa, parecendo se lembrar do passado.

— Ainda peço para ela fazer. Não em todos os finais de semana, mas em quase todos — respondi, rindo.

— Sua mãe sempre cozinhou muito bem.

— É a melhor — respondi, olhando para a cara de Patrícia, que comia sem se importar com o fato de que estávamos falando de minha mãe. Isso demostrou muita maturidade e respeito. Por mais que pensasse o contrário, tive certeza, naquele momento, de que aquela história de casamento era séria e que logo teria uma madrasta. Não sabia os rumos que aquela relação tomaria, entretanto, o fato de Patrícia não se importar de falarmos de minha mãe me deixou aliviado.

Isadora

"Nascimento de uma paixão
Com um suspirar de vento gelado,
Pude sentir levemente
As carícias ardentes
De um amor verdadeiro.
Através da imaginação
O corpo queimava como um vulcão
Mostrando o que acontecia
Dentro do coração.
O vento quebrava a dor da solidão
Levava para longe
A incerteza de uma paixão
E trazia para perto
Paz, Alegria e Emoção,
E calmamente podia sentir
Sedução.
Tentava buscar explicação
Para o que acontecia,
Mas apenas a certeza permanecia.
O amor que acabara de nascer
Nos preenchia e nos envolvia
Com tamanho sentimento de muita alegria".

— Joyce Silva

— E aí? — perguntou Giovana, assim que entrei na sala de aula na segunda-feira.

— Aí, o quê? — indaguei, colocando a mochila na carteira e tentando desviar o assunto. Sabia perfeitamente o que ela queria saber.

— Você ficou a noite toda conversando com aquele garoto e não tem nada para me contar? — questionou, puxando uma cadeira e sentando-se ao meu lado.

— Só conversamos — respondi.

— Só conversaram? Como assim? — Pareceu indignada.

— Só conversamos, tipo assim.

— Eu não acredito! — disse, olhando-me fixamente, imaginando que eu estava mentindo.

— Então não acredite — respondi, tirando meu caderno e estojo da mochila. Eu também não estava acreditando. Queria poder contar algo a mais para ela, dizer que tínhamos nos beijado, mas nada disso havia acontecido.

Giovana continuou me observando fixamente, enquanto eu tentava desviar o olhar. Ela tinha certeza de que eu estava escondendo alguma coisa. Fiquei sem falar mais nada. Na verdade, não tinha o que dizer. Mas apesar de não termos nos beijado, só o fato de ter tido a companhia de Felipe, já havia valido muito a pena.

O professor Jeferson entrou na sala e Giovana voltou para seu lugar. Senti alívio. Como de costume, com seu tom autoritário, ele logo foi falando:

— Abram seus livros na página 51 e façam os exercícios que estão na 51 e 52. É para ser entregue até o final da aula, então nada de conversinhas! Isso irá ajudar nas notas de vocês, que por sinal, estão péssimas — falava enquanto andava de um lado para o outro na sala.

Fiquei olhando-o e imaginando os possíveis motivos para ele ser daquele jeito. Ninguém na escola gostava dele, nem mesmo os outros professores. Sempre com a cara fechada, nunca o tinha visto sorrir. Será que isso não o incomodava? Com seus quase cinquenta anos, não era casado e nunca havia sido. Alguns boatos corriam pela escola, dizendo que ele havia amado muito a nossa professora Virginia, de Português, mas ela nunca se interessou por ele e acabou se casando com outra pessoa; então, desde esse dia, ele se tornou uma pessoa séria, amargurada e fechada. Tentei imaginar como ele seria se fosse uma outra pessoa, se tivesse dado chance para um novo amor. Pelo jeito, porém, ele nunca quis isso. Uma pena, porque tenho certeza de que ele seria alguém muito feliz.

— Tirando a Isadora, que é a única que está com notas boas. Os demais estão péssimos. Se não quiserem passar as férias estudando, é melhor começarem a estudar desde agora — ele continuou, me fazendo sair dos meus pensamentos.

Quis me enfiar em um buraco dentro da sala naquele momento. Todos começaram a me olhar e cochichar. Já tinha fama de *nerd*, mas com o professor falando aquilo minha situação só se complicava.

— Ela é *nerd* também — gritou uma voz do fundo da sala de aula.

Olhei rapidamente, enquanto sentia minhas bochechas ardendo de tão vermelhas. Gabriel me olhava, rindo. Fiquei com raiva dele. Ele tinha que expressar sua opinião para todo mundo ouvir? Um burburinho tomou conta da sala.

— Silênciooooo! — gritou o professor. — Façam os exercícios, caso contrário, vou dar zero para todos. Eu não quero conversas — concluiu, sentando-se e colocando ordem na turma.

Olhei novamente na direção de Gabriel, que ria pela confusão que havia causado, e acabei ficando com mais raiva ainda. No entanto, voltei meus olhos para o livro e comecei a fazer os exercícios.

Um silêncio tomou conta da sala.

Como já havia estudado um pouco daquela matéria em

casa, não senti dificuldades em resolver os exercícios, diferentemente de Giovana, que parecia estar completamente perdida. Acabei terminando a atividade quando faltava pouco menos de dez minutos para o final da aula. Olhei pela sala e vi que todos pareciam concentrados. Voltei o olhar para Giovana, enquanto ela coçava a cabeça com o lápis, tentando achar uma solução para o problema. Queria ajudá-la, mas tinha certeza de que ganharia um zero se tentasse fazer isso.

Comecei a ficar impaciente, queria sair logo dali. Revi as respostas e olhei para o relógio pendurado acima da lousa; ainda faltavam dois minutos. Dois longos minutos. Virei o olhar para a porta, que estava aberta, e vi um rapaz passando apressadamente pelo corredor. Meu coração bateu acelerado. O que ele estava fazendo ali? Ele nem estuda na nossa escola. Olhei novamente para o relógio e o minuto faltante parecia interminável.

Quando finalmente a aula terminou, eu já estava fora da sala, o que certamente era a vontade de todos os outros duzentos alunos, pois, em questão de segundos, os corredores e o pátio da escola foram tomados. Parecia um enxame de abelhas, todas grudadinhas, além do barulho formado por todas aquelas vozes. Desviei-me de alguns e estiquei o pescoço para tentar ver por cima da cabeça de outros, mas nada. Talvez estivesse enganada e fosse apenas alguém parecido com ele.

Senti um pouco de decepção naquele momento.

— Coisa da minha cabeça — pensei, caminhando para a biblioteca.

Respirei aliviada. Tudo estava muito silencioso. Avistei algumas alunas do oitavo ano fazendo uma pesquisa e me lembrei de quando tinha aquela idade. Andei um pouco mais pela biblioteca e, de repente, senti um gelo na barriga novamente. Fiquei sem reação naquele momento; um nervosismo tomou conta do meu corpo. Era ele, ali, apenas a alguns passos de mim.

Debruçado no balcão de empréstimos, ele conversava com a bibliotecária. Continuei um pouco afastada, observando-o. Ele sorria e pude ver, mais uma vez, sua covinha no queixo, o que o deixava mais lindo do que nunca. Ainda o observando, peguei um livro em uma das prateleiras e, disfarçadamente, tentei escutar o que eles conversavam. Mas nada ouvi. Ele ainda não tinha me visto. Aproximei-me um pouco mais. Os dois riram e fiquei com raiva da bibliotecária; até parecia que ela estava dando em cima dele. Caminhei um pouquinho mais, só que ao invés de escutar alguma coisa, tropecei em uma lata de lixo.

— Merda! — eu disse em tom alto, tentando me equilibrar para não cair no chão.

Senti meu corpo pegar fogo de vergonha. Tentei disfarçar e sair dali. — Você se machucou? Está tudo bem? — perguntou uma voz atrás de mim. No mesmo instante, senti uma de suas mãos tocar meu ombro.

— Estou sim. Obrigada — respondi, tentando me acalmar. Então me virei.

— Você esqueceu isso — disse, esticando as mãos e entregando o livro.

— Ah! Sim... cla-ro. Obriga-da. — Eu parecia uma idiota.

— Bela leitura. — Ele continuou olhando para mim, com um sorriso no rosto.

— Como?

— Deve ser bem legar este livro que você está lendo — falou, olhando a capa do livro.

— Ah, sim, na verdade eu ainda não li, mas vou ler. — Não conseguia parar de olhar para ele. E senti novamente o nervosismo tomar conta de mim.

— "Até as princesas soltam pum" — ele disse, apontando a capa do livro.

— Como? — perguntei, não entendendo. Logo em seguida, no entanto, olhei para a capa do livro e entendi do que ele falava. — Não... não... esse livro é... é para minha prima — gaguejei, tentando esclarecer o mal-entendido, sentindo-me totalmente sem graça.

— Mas deve ser bem legal, fiquei curioso — brincou ele, achando graça pela confusão.

— Depois te conto a história então. — Ri, ficando mais tranquila. — Mas o que você faz aqui?

— Vim devolver um livro. Sou amigo da Eduarda. Você conhece a Eduarda, né? — perguntou, referindo-se à bibliotecária. — É que tenho que entregar um trabalho hoje e não consegui pegar o livro na biblioteca da faculdade.

Assenti com a cabeça.

— Fiquei feliz em te ver — arrisquei-me a dizer.

— Também — respondeu, enquanto me olhava por uns instantes. — Tenho que ir.

— Tudo bem — falei, ao passo que ele me dava um beijo de despedida no rosto.

Minhas mãos começaram a suar. À medida que Felipe se afastava, eu o seguia com os olhos, sem conseguir desviar o meu olhar dele. Queria que ele ficasse mais um pouco e que pudéssemos conversar mais.

— Você tem algum compromisso no sábado? — ele perguntou de repente, parado já na porta da biblioteca.

— Eu? — indaguei, sem entender se ele ainda estava falando comigo.

— Claro, Isa.

— Por enquanto, não.

— No sábado gosto de andar de bicicleta, se você gostar também...

— Gosto sim — respondi, me esquecendo de que nem mesmo bicicleta eu tinha.

— Eu sempre saio para andar lá pelas 08:00, em frente ao bosque municipal.

— Estarei lá.

— Certo — afirmou Felipe, agora indo embora definitivamente.

Continuei parada, olhando para a porta sem ninguém nela, desejando que a semana terminasse logo.

Felipe

"Cada segundo longe é um tijolo a mais, na casa da saudade."

– Carlos César Silva Franco

Saí da escola com o celular nas mãos. Rapidamente digitei uma mensagem e caminhei até o carro, que estava parado um pouco adiante da entrada de alunos. Lembrei-me da época do colegial e das boas lembranças de meu tempo de estudante naquela escola. A maior parte das minhas amizades tinha começado ali, principalmente com o Rodrigo, que acabou se tornando o meu melhor amigo.

Entrei no carro e, enquanto dirigia para o escritório, lembrei de Isadora e de como ela tinha ficado vermelha com o meu convite. Aquelas maçãs do rosto coradas haviam a deixado mais bonita ainda.

Liguei o som do rádio. Tocava *Viva La Vida*, do *Coldplay*. Senti uma alegria imensa em meu coração. Não entendi direito, mas imaginei que fosse pela chegada de Thaís em breve. Já fazia mais de um mês que não nos víamos e queria logo estar com ela.

O caminho da escola até o escritório não era muito longe, porém devido ao horário, as avenidas estavam lentas. Olhei no relógio e percebi que estava atrasado. Pensei em acelerar, só que não adiantaria, já que havia muitos carros na minha frente. Até cheguei a ultrapassar a alguns, mas acho que todos os outros motoristas também estavam com pressa, então o jeito era ter paciência mesmo.

Aumentei um pouco mais o som do carro; não queria que aquele trânsito lento acabasse com a minha alegria naquele dia.

Finalmente cheguei e estacionei no mesmo lugar de sempre: a única vaga disponível no final do estacionamento. Caminhei para dentro do escritório o mais rápido que pude e, olhando novamente para o relógio, constatei que estava atrasado quinze minutos. Isso resultaria em um desconto do meu pagamento no final do mês.

O Dr. Fernandes estava atendendo um cliente; ouvi-o falando assim que fui para a minha sala. Os processos do dia anterior ainda estavam no mesmo lugar. Teria que os continuar arquivando, o que não achava nada legal; preferia acompanhar o Dr. Fernando em audiências, mas sabia que aquela parte chata do trabalho também fazia parte do dia a dia de um advogado, por isso eu precisava aprender um pouco de tudo.

Estiquei as mangas da camisa e comecei a arquivar. Se me concentrasse, até a hora do almoço já teria terminado tudo. Puxei uma cadeira e, primeiramente, separei os processos pelo nome dos clientes, depois por data. Em seguida, comecei a colocá-los em uma pasta que seria arquivada na sala de arquivo morto do escritório.

Enquanto fazia isso, a imagem de Isadora surgiu em meus pensamentos. Como ela tinha ficado sem graça pela confusão do livro! Mas em compensação, isso a deixara com um sorriso encantador. Isadora estava invadindo todos os meus pensamentos e sentimentos, o que era bom. De certa forma, até dava um pouco de medo de pensar em gostar de alguém. Porém, por outro lado, estava gostando de ter alguém em quem pensar. Sorri, lembrando-me dela e de nosso encontro naquela manhã. Logo a imagem de Thaís também surgiu em meus pensamentos. Em breve estaríamos juntos novamente. Estava com muitas saudades de nosso companheirismo, das nossas risadas, das conversas e, principalmente, de seus conselhos.

— Você não vai almoçar? — perguntou Vitor, o outro estagiário, entrando na minha sala.

Olhei no relógio e vi que já era quase meio-dia. Tinha perdido a noção do tempo. — Nossa, nem vi a hora passar! Daqui a pouco eu vou. Hoje só ficarei até a hora do almoço, por isso quero terminar isso aqui.

— *Ok*, até mais então — respondeu, saindo.

Vitor estudava comigo na faculdade, mas apesar disso, conversávamos pouco. Sentávamo-nos em lugares separados na sala de aula e no escritório, pois com a correria do dia a dia quase não tínhamos tempo para nutrir uma amizade. Às vezes é que acabávamos almoçando juntos na cozinha do escritório, porém isso era raro. Voltei aos meus processos e, depois de quase uma hora, terminei tudo. Saí rapidamente, entrando em meu carro. Segui em direção ao ponto de ônibus que ficava ali perto.

Quando cheguei, não tinha ninguém. Olhei no relógio e vi que ainda estava cedo. Meu estômago começou a me dar sinais de que tinha fome. Olhei em volta e vi uma lanchonete aberta. Caminhei até lá. Escolhi uma mesa perto da janela, de onde dava para ver o ponto de ônibus. Nem olhei o cardápio e já fiz o meu pedido para uma simpática senhora que veio me atender.

— Quero um misto-quente e uma Coca-Cola.

Ela anotou o pedido e em questão de dez minutos estava de volta. A lanchonete ainda estava um pouco vazia, então deduzi o motivo da rapidez em trazer o meu lanche. Olhei mais uma vez pela janela. Nenhum ônibus tinha chegado ainda. Engoli rapidamente o que seria o meu almoço. Olhei para o celular, respondi uma mensagem pelo *WhatsApp* para o Rodrigo e enviei outras. Paguei pelo lanche e voltei logo ao ponto de ônibus. Olhei de novo, impaciente, para o relógio. Já estava quase na hora.

Olhei mais adiante e percebi que um ônibus de viagem se aproximava. Meu coração começou a bater de alegria.

— Felipeeee! — gritou uma voz, saindo de dentro do ônibus. Como estava linda! Senti uma alegria imensa quando ela me chamou. Corri para abraçá-la; também para ajudar com suas malas. — Como você está lindo! — ela disse, enquanto me abraçava.

— Você que está linda, até parece mais madura — falei, retribuindo o abraço.

— Morar sozinha faz a gente amadurecer, meu maninho lindo.

Seu sorriso estava mais lindo do que nunca.

— Você não contou nada para a mamãe que chegaria hoje, né?

— Claro que não. Ela está achando que você só chega na próxima segunda-feira.
— Quero fazer surpresa para ela. E como ela está?
— Está tudo bem; nossa linda mãe de sempre.
— Que bom!
— Mas você não vai perguntar do nosso pai?
Thaís me olhou friamente.
— Para quê? Para você me dizer que ele está na sua trigésima namorada!?
— Thaís, por favor, não fale assim. Sei que você ainda não aceitou a separação, mas já faz tanto tempo que eles estão separados. Você precisa aceitar a situação.
Thaís continuou me olhando, e por mais que eu soubesse que ela amava o nosso pai, ela ainda estava magoada.
— Não quero falar sobre isso. Estou muito feliz em estar aqui com vocês e quero aproveitar estes dias o máximo que puder.
— Mamãe vai ficar muito feliz pela surpresa — eu disse, abraçando-a mais uma vez. Logo em seguida, levei suas malas e seu violão para o carro.

Isadora

"Alguém já sofreu por amor? Eu não acredito nisso! Se o amor é verdadeiro não existe sofrimento..."

— Renato Russo

— Obrigada por me emprestar a bicicleta. — Agradeci à Giovana, enquanto voltávamos da escola.

— Tudo bem, Isa; eu não estou usando. Mas até agora você não me disse para que é. Se eu te conheço muito bem, você não é de andar de bicicleta. Acho que você nem sabe fazer isso — riu, encarando-me.

— Claro que sei! — respondi, me lembrando que da última vez que havia feito isso, tinha sido uns três anos atrás. Quem aprende a andar uma vez, nunca mais esquece, lembra desse ditado!?

— Tudo bem então; mas me conta! Você está escondendo algo de mim. Eu sei que está.

Fiquei pensando se deveria contar ou não. Não queria me precipitar, achando que aquilo poderia ser um encontro e acabar me empolgando demais sem necessidade.

— O Felipe me convidou para andar de bicicleta no sábado — finalmente disse.

— Comoooo? — gritou Giovana, empolgada, parando em minha frente. — E você nem ia me contar? Quando foi isso? Quero saber detalhes. — Continuou dando pulinhos de animação.

— Hoje de manhã ele estava na biblioteca da escola, devolvendo um livro, e acabamos nos encontrando. Ele disse que sempre anda de bicicleta no sábado e perguntou se eu queria ir. Só isso, nada demais!

— Como assim "só isso"? Ele te convidou e isso é muita coisa. Hummm, estou sentindo algo no ar!

— Pare de ser boba, Giovana! Não tem nada de mais. É só um passeio — respondi, imaginando que Giovana poderia estar certa, mas tentando não ficar muito animada com aquilo.

— Mas já é um começo... *Hey*, sabe que roupa vai usar?

— Claro que não.

— Não vai querer ir com aquele seu conjunto de moletom, né? — disse, rindo. — Coloque uma coisa mais bonita, tipo uma calça de academia, ou melhor, um *short*. Passe uma maquiagem e arrume esse cabelo bem bonito.

— É só um passeio de bicicleta. E provavelmente vou suar muito.

— Não tem problema; o importante é você ir bem linda.

Fiquei olhando Giovana falar e tentando processar tudo o que ela dizia. Ela estava tão empolgada que não parava de me dar conselhos e dicas.

— Isa? Isa? Você está me ouvindo? — disse, parando de falar e estranhando a minha mudança repentina. — Isa, está tudo bem?

Fiquei parada, sem vontade de dizer nada. Senti um aperto muito forte em meu coração; queria chorar e ao mesmo tempo sair correndo dali. Um turbilhão de pensamentos começou a passar em minha cabeça.

"Idiota, como você é ingênua!" — comecei a dizer com a voz quase não saindo.

— O que você está dizendo? — perguntou Giovana, ainda sem entender o que estava acontecendo.

— Idiota, você é muito idiota mesmo! Como você achou que...

— Isa, eu não estou entendo nada; estou começando a me preocupar.

Num impulso, comecei a chorar.

— Olha o Felipe ali, abraçado naquela moça — falei.

Giovana olhou na direção a qual apontei e também ficou surpresa pelo que estava vendo.

— Talvez seja alguma amiga — sugeriu, tentando me acalmar.

— Eu fui muito idiota em aceitar o convite dele. Aquela deve ser a namorada dele. Lógico que ele não iria se interessar por mim. — Continuei tentando parar de chorar.

— Isa, você acha que ele te convidaria para andar de bicicleta tendo uma namorada? Acha? — indagou Giovana. — E sim, ele pode se interessar por você. Claro que pode! Não pense coisas antes de realmente saber o que está acontecendo.

— Está acontecendo que eu sou uma idiota por gostar de um cara igual ao Felipe. Jamais ele se interessaria por mim. E claro que aquela é a namorada dele; olha como eles se abraçam! Ele só está brincando comigo. Me convidou para andar de bicicleta porque já deve ter percebido que eu gosto dele. Nunca que ele se interessaria por mim: uma garota que nem mesmo sabe como é um beijo — eu disse, apertando o passo. Queria sair logo dali. Giovana tentou andar junto comigo, mas comecei a correr. Precisava ficar sozinha.

— Isa, espere. Por favor, espereeeee! — berrou Giovana, na tentativa de me alcançar; só que eu já estava muito longe.

Comecei a correr sem olhar para trás. Não queria ver mais ninguém. Meu coração continuava apertado e eu sabia que aquilo iria demorar um tempo para passar. A imagem de Felipe abraçando aquela garota não saía dos meus pensamentos.

Assim que cheguei em casa, nem falei com minha mãe. Ela estava terminando o almoço e percebeu que algo tinha acontecido, no entanto, sabia que não adiantaria tentar conversar naquela hora. Bati a porta do quarto e me joguei na cama. Com o rosto enfiado no travesseiro, chorei. Chorei muito, até adormecer. Acordei era quase três da tarde, com uma tremenda dor de cabeça. Já estava um pouco mais calma, apesar de ainda ter em mente a imagem de Felipe com aquela garota. Senti-me traída, mas, ao mesmo tempo, não conseguia ter raiva dele. Ainda estava muito forte em minha cabeça o modo como ele havia me olhado quando nos vimos pela primeira vez.

Ajeitei-me na cama. Minha mãe tinha deixado um misto--quente e um copo de suco de laranja em minha escrivaninha, porém eu não estava com fome; sentia o estômago um pouco enjoado. Peguei o celular para conferir as mensagens e percebi que não havia lido duas delas.

> *Amor é fogo que arde sem se ver;*
> *É ferida que dói, e não se sente;*
> *É um contentamento descontente;*
> *É dor que desatina sem doer.*

> *É um não querer mais que bem querer;*
> *É um andar solitário entre a gente;*
> *É nunca contentar-se de contente;*
> *É um cuidar que se ganha em se perder.*

Meu estômago começou a revirar ainda mais e minhas mãos a suar. Duas mensagens enviadas em horários diferentes. Alguém estava brincando comigo, só podia ser! Ter enviado uma mensagem dias atrás por engano, tudo bem, mas agora novamente? Com certeza era brincadeira.

Fechei as mensagens, no entanto, logo voltei a olhar novamente. Quem poderia estar fazendo aquilo? Fiquei ali, com o celular nas mãos, tentando engolir tudo aquilo. Mais uma vez a imagem de Felipe abraçado com aquela garota surgiu em minha mente, misturando-se com aquelas mensagens.

Balancei a cabeça, tentando espantar todos os meus pensamentos. Resolvi estudar, assim me concentraria um pouco.

— Isso mesmo, Isadora! Você tem que se concentrar. Deve ser alguma pessoa que não tem o que fazer e fica aí te mandando essas mensagens. Foco. Foco, Isadora! — eu disse, sentando-me em frente à escrivaninha para começar os estudos.

— Foco, foco, foco — repeti, e deixei o celular no silencioso. Abri o livro de química e comecei a rever a matéria.

Sabia que naquele momento somente estudando é que conseguiria parar de pensar em Felipe e nas mensagens misteriosas. Tudo havia acontecido tão quase ao mesmo tempo que até comecei a ficar um pouco confusa. Por fim, acabei me concentrando e estudando até tarde.

— Estudar é importante, mas se alimentar também é. Posso entrar? — perguntou meu pai, abrindo a porta do meu quarto.

— Sempre. — Estiquei os braços para abraçá-lo.

— Como você não quis sair do quarto para jantar, achei melhor trazer um lanche, afinal, saco vazio não para em pé — falou, colocando o prato na mesa e dando um beijo em minha testa. — Sua mãe disse que você chegou da escola chorando e não saiu do quarto o dia todo. — Sentou-se ao pé da cama.

— Está tudo bem — respondi, engolindo o lanche. — Tenho provas essa semana e quero ir bem — menti, tentando desviar do assunto.

— É isso mesmo? Tem alguma coisa a mais aí?

— Fique tranquilo, estou bem — respondi, sabendo que, no fundo, eu não estava nada bem. Queria contar para ele que meu coração se encontrava todo em pedaços e que eu estava gostando de alguém que não gostava de mim, não fiz, porém; pelo contrário, abri um sorriso amarelo.

— Sei que sua mãe às vezes pega no seu pé para estudar, mas você também precisa distrair a cabeça — continuou. — Filha, tenho certeza de que você passará no vestibular; seja em medicina ou qualquer outra coisa, só que não pense só em estudar vinte e quatro horas por dia — aconselhou.

— Tá tudo bem, pai. Pode deixar que também relaxo um pouco.

Gostava quando meu pai vinha ao meu quarto conversar comigo. Suas conversas sempre me tranquilizavam.

— Só não quero que você fique doente.

— Pode deixar, estou me cuidando — falei, dando um abraço nele.

— Tudo bem, mas agora já é hora de dormir um pouco. — Levantou-se e beijou minha testa, saindo pela porta logo em seguida.

Levantei-me e parei em frente à janela. A Lua cheia iluminava o céu, que estava todo estrelado. Peguei Bili no colo e fiquei ali por um tempo, admirando aquele céu todo. Fechei os olhos e me lembrei de um miniconto de Joyce Silva, uma escritora da qual gostava muito:

"Desejos

Lábios trêmulos, mãos suando, coração acelerado. Um silêncio permanecia, mas foi quebrado pelo som do suspirar, que agora se tornava ofegante. As palavras negaram-se a serem pronunciadas. Carinhosamente, as mãos se entrelaçaram e, incontrolavelmente, os corpos se uniram. A Lua registrou cada momento. Foi a única testemunha daquele amor envolvente e cheio de desejos."

Peguei o celular e, mais uma vez, olhei as mensagens que haviam sido enviadas. Meu coração quis explodir pela boca. Quis chorar novamente, contudo, me segurei. Aquilo já estava ficando sério. Três mensagens já não podiam ser por engano. Então, comecei a acreditar que realmente eram para mim; e ao ter essa convicção, meu coração se alegrou. Mesmo não sabendo o remetente, somente uma única pessoa surgia em meus pensamentos: Felipe. Só que isso não fazia sentido. E quanto à garota do ponto de ônibus?

Felipe

"Amo como ama o amor. Não conheço nenhuma outra razão para amar senão amar. Que queres que te diga, além de que te amo, se o que quero dizer-te é que te amo?"

— Fernando Pessoa

Estava sem sono. O dia havia sido bem agitado desde cedo. Deitado na cama, fiquei durante algum tempo observando a Lua pela janela, e acabei me lembrando de Isadora. Sem perceber, estava com um sorriso no rosto.

— Já está dormindo? — perguntou Thaís, entrando no meu quarto.

— Não! Pode entrar, estou sem sono — respondi, sentando-me na cama.

Thaís acomodou-se ao meu lado e me abraçou. Ficamos ali, em silêncio, por um bom tempo. Tinha sentido muito a sua falta naqueles últimos dias. Com ela morando longe, eu ficava preocupado, imaginando se ela estava se virando bem ou se precisava de alguma coisa. Sabia que não deveria pensar nessas coisas, mas não me perdoaria se algo de ruim acontecesse com ela.

— Você se lembra de quando éramos criança e fazíamos acampamento no quintal de casa? O pai até improvisava uma fogueira e ficávamos até tarde conversando e cantando — disse Thaís, finalmente quebrando o silêncio.

— Você sempre gostou de cantar; desde muito menina já demostrava esse talento todo.

— Verdade! A música sempre foi minha paixão, e hoje tenho certeza de que jamais conseguirei viver sem ela.

— E como está a faculdade? Você tem muitos amigos por lá?

— É bem bacana, sim; estou gostando muito. Tenho um grupo de amigos. Nós saímos juntos o tempo todo. É como se fôssemos uma outra família, sabe? Um dá suporte para o outro, principalmente quando a saudade da família bate. Só que, ainda assim, sinto muita falta de casa.

— Logo, logo você estará de volta com a gente.

— Sim, mas ainda faltam três anos — respondeu Thaís, levantando-se e indo observar a Lua pela janela. — E você?

Como está a faculdade? Tem namorada? Nem tivemos tempo para conversar sobre isso hoje.

— Pois é. A mamãe ficou o tempo todo ao seu lado, querendo saber de tudo — respondi, rindo.

— Você deveria estudar fora também, assim, quando voltasse para casa, teria essa atenção toda. E você acredita que ela disse que estou muito magra? Eu que já engordei cinco quilos nestes últimos três meses!

— Não tenho ciúmes, tenho mamãe todos os dias comigo.

— Fica causando inveja mesmo! — Thais voltou a se sentar ao meu lado e ajeitou-se novamente na cama. Em seguida, olhou-me fixamente. — E esse coração, como anda?

— Está bem. Tá batendo. — Eu ri.

— Que bom, é um ótimo sinal. — Ela riu também.

— Está tudo bem, sim. Sei que desde a Bianca você ficou preocupada comigo, mas já está tudo bem.

— Tem certeza?

— Tenho sim. Tenho conhecido algumas pessoas novas.

— Alguma em especial?

— Talvez.

— Talvez? Hummm, então tem alguém nesse coração aí. Me conta!

— Não tem nada ainda, mas é uma pessoa muito especial, que estou gostando de conhecer, saber um pouco mais sobre ela, essas coisas.

— E tem nome?

— Segredo.

— Hummm, você continua o mesmo. Só fala o nome quando realmente está com a pessoa.

— É melhor assim, deixa o tempo ao seu tempo; quero ir devagar.

— Mas olhando bem para você, acho que esse coração já está preenchido por essa garota. Espero poder conhecê-la logo.

— Quem sabe, quem sabe! O tempo dirá. Mas e você?

— Xiii, nem te conto — disse, deitando-se na cama. — Conheci um "carinha" em uma festa da faculdade e acabamos saindo algumas vezes. Até pensei que estávamos namorando e coisa e tal, mas de repente ele sumiu, não respondia mensagens, não atendia ao telefone; aí acabei me cansando e nem fui mais atrás. Se ele quisesse alguma coisa comigo, era ele quem agora teria que me procurar. Passou uma semana mais ou menos, uma amiga de sala me contou que viu ele com uma outra garota, e acabei ficando sabendo que era a namorada dele. Ele tinha me enganado direitinho. Fiquei com muita raiva, porém achei melhor deixar para lá mesmo, afinal, não tinha sido eu a fazer uma coisa errada, né? Foi ele. Continuei tudo normal, só que aí nesta semana, antes de eu vir para cá, ele me procurou; veio com uma historinha de que tinha ido viajar, pediu desculpas por ter sumido.

— E você, o que fez? — perguntei, já com raiva do rapaz.

— Olha! Fiquei até com vontade de dar um beijo nele, porque ele é muito bonito; mas acabei virando as costas e deixei ele falando sozinho. Não quero rolo para o meu lado não.

— Isso mesmo! Não pode ficar saindo com caras assim não. Esse tipo de homem não é para você, e se eu ver esse fulano aí na minha frente, vou ter uma conversa séria com ele — eu disse, fechando a cara.

— Você não muda mesmo! Sempre mostrando o irmão protetor. Era disso que eu estava sentindo saudades. Mas não se preocupe! Sei sair dessas pessoas que não valem a pena — disse, levantando-se e olhando uma foto que estava em cima da escrivaninha. — Que foto bacana, quando foi?

— Foi em uma festa no início do ano — contei, também me levantando e indo para perto de Thaís. — São todos da minha sala.

— Esse aqui é o Rodrigo? — ela perguntou, apontando para a foto.
— É sim.
— Hummm, tá gato ele.
— Nem vem, ele é muito galinha!
— Tô brincando, eu sabia que era o Rodrigo e estava te provocando, mas que ele está bonito, isso ele está mesmo. — Colocou a foto de volta na escrivaninha. — Vou me deitar agora. A mãe amanhã não trabalha; tirou folga do trabalho, e prometi a ela que vamos sair juntas logo cedo.
— Vão sim.
— Até amanhã! — disse, dando-me um beijo no rosto e saindo.
— Até! — respondi, voltando a me deitar.

Acomodei-me na cama, achando que logo conseguiria dormir, mas não funcionou. Virei de um lado, virei do outro, e nada. Resolvi então ir buscar um copo de água na cozinha. Ao passar pelo quarto da minha mãe, escutei algumas vozes, e percebi que ela e Thaís conversavam bem animadas. Certamente iriam ficar conversando e matando a saudade a noite toda.

Peguei o copo d'água, que por sinal estava bem gelado, e voltei para o meu quarto. Deitei novamente, mas só consegui ficar me virando na cama. Resolvi abrir um pouco a janela e olhar de novo para a Lua. Nesse momento, Isadora surgiu mais uma vez em meus pensamentos. Sorri, lembrando-me dela e do quanto ela estava se tornando uma pessoa especial em minha vida. Num impulso, enviei uma mensagem:

> *É querer estar preso por vontade;*
> *É servir a quem vence, o vencedor;*
> *É ter com quem nos mata, lealdade.*

Esperei mais um pouco e acabei enviando outra mensagem:

Amor é fogo que arde sem se ver;
É ferida que dói, e não se sente;
É um contentamento descontente;
É dor que desatina sem doer.

É um não querer mais que bem querer;
É um andar solitário entre a gente;
É nunca contentar-se de contente;
É um cuidar que se ganha em se perder.

É querer estar preso por vontade;
É servir a quem vence, o vencedor;
É ter com quem nos mata, lealdade.

Mas como causar pode seu favor
Nos corações humanos amizade,
Se tão contrário a si é o mesmo Amor?

Isadora

"E a minha alma alegra-se com seu sorriso, um sorriso amplo e humano, como o aplauso de uma multidão."

– Fernando Pessoa

A semana passou muito rápido. Só tive tempo de ir para a escola e estudar para as provas. Felizmente, minha mãe até que me deu uma trégua, o que me deixou um pouco aliviada, afinal, já tinha as provas da escola para me preocupar, ter ela me lembrando do vestibular de medicina, que por sinal só iria prestar no final do próximo ano, seria demais.

Saí da escola na sexta-feira bastante tranquila e feliz também; sabia que tinha ido muito bem nas provas e isso me deixou em paz. Combinei de ir buscar a bicicleta na casa da Giovana depois da aula, mas isso me fez lembrar de Felipe. Ainda estava em dúvida se realmente deveria ir ou não me encontrar com ele. A ideia de ele ter uma namorada não abandonava minha cabeça, e cada vez que me lembrada dele abraçando a tal garota no ponto de ônibus, ficava mais convencida disso.

— É melhor eu não ir. E se a garota estiver junto? Nem sei qual seria a minha reação — eu disse em voz alta, quase chegando à casa da Giovana. — Não vou, está decidido" — Mudei o percurso e segui de volta para a minha casa.

No caminho, peguei meu celular para enviar uma mensagem para a Giovana, avisando sobre a minha decisão. Por mais que meu coração dissesse para eu ir, minha razão falava o contrário, então achei melhor seguir a razão. Acabei lendo novamente a última mensagem do admirador misterioso e, por um momento, senti meu coração feliz. Das outras vezes, até tinha ficado chateada por achar que alguém estava brincando com os meus sentimentos; naquele dia, porém, acreditei que o que a pessoa queria me dizer naqueles versos era verdadeiro.

Li o soneto em voz alta enquanto andava, sem nem ligar para as pessoas que me olhavam. Certamente estavam me achando louca. Não entendi o motivo, mas meu coração se aquietou ao ler aquilo novamente naquele dia.

— "Se tão contrário a si é o mesmo Amor" — eu disse, assim que entrei pela porta da cozinha de casa.

— Falando sozinha, Isadora? O almoço está servido — falou

minha mãe, assim que me viu. — Como foi nas provas? Terminou todas? Espero que tenha ido muito bem — continuou, enquanto colocava a jarra de suco na mesa.

— Já terminaram. E pode ficar tranquila; fui bem em todas — respondi, sentando-me e começando a me servir.

— Que bom, agora você pode pensar um pouco em estudar para o vestibular. — Olhei para minha mãe em sinal de desaprovação. Entendi que a trégua que ela havia me dado, tinha sido momentânea. Quando é que teria um tempinho de tranquilidade? No mesmo instante, senti meu estômago revirar. Já estava perdendo a fome. E de repente escutei o recebimento de uma mensagem no celular.

— Agora não é hora para isso — disse minha mãe, pegando o aparelho das minhas mãos e colocando-o ao seu lado. — Coma primeiro!

Acabamos almoçando em silêncio. Estava cansada até mesmo de falar, mas sabia que era nestes momentos que minha mãe mais gostava de conversar. Ela sempre dizia que a refeição é a hora de estarmos juntos e compartilharmos nossos momentos em família. E já que meu pai sempre almoçava no escritório, os minutos do almoço serviam para conversas somente a respeito da escola e do vestibular, coisa que minha mãe fazia questão de me lembrar todos os dias. Por mais que eu já estivesse cansada de todas essas conversas, ao mesmo tempo me sentia tranquila almoçando com ela, pois sabia que ela tinha se dedicado muito para preparar aquela comida e sentia uma grande felicidade quando eu elogiava seu tempero.

— Estava uma delícia essa lasanha, mãe — eu disse assim que terminei, já me levantando da mesa.

— Que bom — ela respondeu com um grande e largo sorriso.

— Vou deitar um pouco — avisei, pegando o meu celular.

Liguei a televisão e me joguei ali mesmo, no sofá. Então abri a mensagem que havia recebido minutos antes.

> *Olá, tudo bem com você? Espero que o seu celular esteja funcionando certinho kkk Juro que não mexi em nada, a não ser ao tentar encontrar o número dele no seu próprio celular. Tudo certo para o nosso passeio de bicicleta amanhã? Beijos, Felipe!*

Fiquei sem reação. Li e reli a mensagem várias vezes, enquanto sentia meu coração bater tão rápido que até parecia que sairia pela boca.

Tinha que responder, mas não conseguia pensar em nada. Fiquei por um tempo paralisada, com o celular nas mãos. Finalmente respirei fundo e digitei rapidamente algumas palavras:

> *Oi, Felipe! Estou bem. O celular está funcionando certinho sim, muito obrigada por perguntar. Que bom que você encontrou meu número. Está tudo certo para o passeio amanhã sim. Bjos, Isa!*

Meu coração havia tomado o lugar da razão, e por mais que horas atrás achasse que não deveria ir ao passeio, agora tinha a convicção de que iria.

Senti minhas mãos suando, junto com um frio na barriga. Fiquei olhando para a tela do celular, esperando que recebesse alguma outra mensagem, e quando isso aconteceu, logo abri um grande e largo sorriso.

> *Perfeito ☺ Nos vemos amanhã. Bjos, Felipe.*

— Yesssssssss! — gritei, num impulso.

Minha mãe, que terminava de lavar a louça, na cozinha, quase derrubou um copo no chão por conta do susto que levou. — Isadora, que grito foi esse?

Nem liguei para o que ela disse. Saí correndo para a casa da Giovana para pegar emprestada a bicicleta.

Felipe

"Quero todo o teu espaço e todo o teu tempo.
Quero todas as tuas horas e todos os teus beijos.
Quero toda a tua noite e todo o teu silêncio."

— Mario Quintana

— Por favor, Thaís, dê uma chance para ele! Vocês precisam desse tempo para conversar — eu disse, enquanto tomávamos o café da manhã.

— Seu irmão tem razão, minha filha — concluiu minha mãe, colocando um pouco de café no copo.

Thaís nada dizia; ficou olhando fixamente para a caneca de leite que estava em suas mãos. Seus pensamentos, certamente, estavam em outro lugar.

Respeitei o seu silêncio e continuei tomando o café sem dizer mais nada. Minha mãe fez o mesmo. Por mais que quisesse ver os dois se dando bem novamente, sabia que cabia somente a Thaís a decisão de fazer as pazes com o nosso pai.

— Eu não consigo entender os motivos para ele ter feito aquilo com a senhora, mãe — finalmente ela disse, parecendo sair dos seus pensamentos.

— Minha filha, já faz tanto tempo. Deixe essa mágoa toda de lado. A vida continua, e ele é seu pai. Ele errou? Errou. Só que não somos nós que temos que o julgar, mas ele mesmo. Com o tempo fará isso, se é que não já fez. Porém, você, como filha, deve continuar respeitando-o — falou, engolindo o resto de café. — Aproveite este final de semana, logo você vai voltar para a faculdade — continuou minha mãe.

— Tudo bem, vou falar com ele hoje. Você me empresta o carro, Felipe?

— Claro, pode ficar com ele o dia todo; vou sair para andar de bicicleta agora e à tarde tenho mais algumas coisas para fazer, então não vou precisar do carro — respondi. — Estou feliz por você, e sei que tudo se ajeitará.

— Vamos com calma, temos muito o que conversar realmente — afirmou, não mostrando estar muito animada.

Engoli o resto do café enquanto me levantava. Dei um beijo em Thaís e, logo depois, em minha mãe.

— Minhas mulheres amadas — eu disse, abraçando de uma única vez as duas.

— Preciso ir agora — concluí, olhando o relógio e indo escovar os dentes.

Em menos de dez minutos, já estava no portão de casa. O Bosque Municipal da cidade não ficava muito longe; uns quinze minutos de pedaladas já seriam suficientes.

Cheguei pontualmente às oito horas, o horário combinado. Encostei a bicicleta em uma árvore logo na entrada do bosque, enquanto olhava em volta para ver se Isadora já havia chegado. Ainda não. Esperei mais um pouco. Olhei o relógio, achando que talvez ela tivesse desistido. Pensei em enviar uma mensagem, mas achei melhor esperar mais alguns minutos. Estava ficando ansioso. Alguns outros ciclistas começaram a passar por mim, o que me deixou agitado, achando que realmente Isadora tivesse desistido.

Impaciente, olhei mais uma vez para o relógio. Já havia se passado vinte minutos quando, finalmente, a avistei, pedalando lentamente. Até parecia que estava cansada e notei que a bicicleta não era específica para andar em trilhas, no entanto, não me importei com isso. Estava linda e o brilho do sol iluminava seu rosto. Com os cabelos presos, e usando uma calça de ginastica, não consegui deixar de observar suas curvas, apesar de ter o corpo um pouco magro.

— Desculpe a demora — ela disse, assim que se aproximou, ofegante. — Tem muitas ruas com subidas até aqui — concluiu, tirando a garrafinha de água que carregava na bolsa.

— Sem problemas, ainda está cedo. Mas você está bem?

— Estou sim, daqui a pouco já estou com as energias recuperadas.

— Acho meio improvável, porque pedalando vamos gastar mais energia. — Ri, olhando sua cara de cansada.

— Ah! — Isadora respondeu, desolada. — Tenho mais uns cinco litros de água na bolsa — respondeu, rindo.

— Mas não se preocupe! Vamos bem devagar.

— Ok.

Montamos nas bicicletas e começamos a andar por uma pequena rua ainda asfaltada. O caminho era bem tranquilo, sem buracos ou algo do tipo, contudo, um pouco mais adiante, entramos na trilha que ficava atrás do bosque.

— Você sempre vem aqui? — ela perguntou, enquanto observava o caminho.

— Procuro vir todos os sábados. Gosto de respirar um pouco de ar puro. Mas pelo jeito você não é muito acostumada, não é?

— Fazia muito tempo que não fazia isso. Para ser bem sincera, acho que a última vez que andei de bicicleta foi há uns três anos atrás — disse, rindo.

Seu sorriso era tão sincero que não consegui parar de ficar olhando.

— Fiquei feliz por você ter aceito meu convite.

— Fiquei feliz pelo convite também — Isadora respondeu, com as maçãs do rosto enrubescidas.

— Você fica muito bonita vermelha — eu disse, ainda a olhando.

— Obrigada — agradeceu, desiquilibrando-se um pouco da bicicleta e quase caindo.

— Cuidado! Se quiser, podemos parar um pouco.

— Tudo bem; estou um tanto enferrujada, mas logo já estarei andando melhor que você.

— Disso não tenho dúvidas. Só não sei se com essa bicicleta será possível.

— É, olhando por este lado, talvez tenhamos que trocar de bicicleta.

— Hum, talvez.

Andamos um pouco em silêncio. Parecia que Isadora estava recompondo suas energias, porque respirava profundamente enquanto pedalava. Respeitei seu silêncio. E até que gostei de apenas caminhar ao seu lado. Ao longe, podíamos ouvir o som de alguns pássaros e o clima tornou-se agradável.

— É melhor empurrarmos a bicicleta agora, tem muitas pedras pelo caminho e um pouco de subida — avisei, quebrando o silêncio e descendo da bicicleta.

Isadora fez o mesmo e continuamos caminhando lado a lado.

— Moro há tanto tempo nesta cidade e não conhecia este lugar — ela disse, parecendo estar encantada com o bosque.

— Conheço muitos lugares bonitos por aqui. Tem mais desses locais maravilhosos escondidos em nossa cidade; pena que nem todos sabem disso.

— Tomara que continuem preservados desse jeito, isso aqui traz uma paz muito grande.

— Por esse lado, até penso que é melhor que não tenha muitas pessoas que o conheçam — ponderei, enquanto avistava um ninho de passarinhos. — Quando eu era criança, às vezes pedia para meu pai comprar um passarinho, só que um dia ele me disse que devemos os deixar soltos; ele disse assim: "Você gostaria de ficar preso?". Fiquei pensando e, depois disso, nunca mais quis ter um passarinho em gaiola. Aprendi a admirá-los assim. Entendi que temos que respeitar a natureza — concluí.

— Sempre gostei de animais, porém só tenho um cachorrinho, o Bili.

— Eu não tenho. Já tive, mas morreu faz uns três anos e depois dele não quis ter mais nenhum. Sofri muito quando ele morreu.

— Hum.

Isadora parecia ainda estar se deliciando com tudo o que estava vendo.

— Gosto de vir aqui para recompor as energias depois de uma semana estressante.

— É muito bom mesmo. Quero voltar de novo, se eu puder.

— Tenho certeza de que sim, mas você gosta de sair bastante?

— Até que gosto, só que minha mãe pega muito no meu

pé. Ela quer que eu faça Medicina, por isso fica me cobrando para estudar o tempo todo — explicou, parando e sentando-se em uma pedra que tinha no caminho. — Podemos nos sentar um pouco?

— Claro — respondi, sentando-me ao seu lado. — Mas você não quer fazer Medicina?

— Até achava que queria quando era mais nova, só que agora não sei. Não quero fazer um curso apenas porque minha mãe quer que eu faça; entretanto, se eu não fizer, ela ficará muito triste comigo e eu não quero que isso aconteça; então penso que é o que tenho que fazer.

— Mas tem que levar em conta que é o seu futuro. Fazer algo por causa de outra pessoa, não é legal.

— Eu sei, também penso assim, só que não quero magoar minha mãe.

— Entendo, mas às vezes a mágoa faz parte da nossa vida. Fui magoado por outras pessoas, no entanto, o tempo faz a gente aprender e isso nos faz crescer.

— Hum — disse, pegando a garrafinha de água. — Você quer?

— Obrigado — respondi, tomando um gole. — Meu pai mesmo, magoou muito a nossa família, e apesar de não concordar com suas atitudes e decisões, aprendi a viver com elas, diferentemente de minha irmã, que ainda não aceita a separação deles. Hoje mesmo ela vai conversar com ele antes de ir embora, mas não sei se ela vai aceitar ele de volta em sua vida.

— Ir embora?

— Sim, ela estuda em outra cidade, faz faculdade de música. Chegou na segunda-feira. Infelizmente já vai embora na próxima segunda — expliquei, percebendo que Isadora me olhava surpresa.

— Então era sua irmã que vi no ponto de ônibus na segunda?

— Você nos viu? — perguntei, espantado.

— Vi você abraçado com uma moça e pensei...

Isadora deixou as palavras no ar.

— Pensou?

— Pensei que era sua namorada — esclareceu, de cabeça baixa, olhando uma formiga que passava perto de seu tênis.

— Não! É minha irmã — respondi, olhando mais fixamente para Isadora.

— Ah! Tá — falou, pegando a formiga nas mãos e olhando-a fixamente enquanto ela andava em seus dedos. — Você sempre vem sozinho andar de bicicleta?

— Na maioria das vezes sim. De vez em quando um amigo me acompanha, mas como venho sempre bem cedo, ele acaba preferindo ficar dormindo — contei, rindo. — Rodrigo é um pouco dorminhoco aos finais de semana.

O calor estava aumentando, e comecei a sentir a pele um pouco suada. Aproximei-me um pouco mais de Isadora, tentando fugir do sol que ultrapassava alguns galhos das árvores. Ela sorriu para mim e naquele momento desejei sentir ela um pouco mais perto. Peguei uma flor caída no chão e ofereci para ela.

— Obrigada — respondeu, ainda observando a formiga que caminhava nos seus dedos. Um segundo depois, colocando a flor nos cabelos.

— Do que mais você gosta de fazer, tirando ler?

— A paixão pelos livros é algo inexplicável, mas eu sempre gostei também de ficar observando os animais, como essa formiga aqui; acho interessante ver como eles se alimentam, se movimentam, e perceber que mesmo tão pequenos, têm grande importância na natureza.

— Não pensou em fazer Biologia? — perguntei, também pegando uma formiga nas mãos.

— Não! Gosto de observar apenas. Nunca tive interesse em estudar a área. A minha amiga Giovana diz que eu sou louca por ficar observando; ela diz isso, porque normalmente quando a gente sai, eu fico observando o jeito das pessoas, suas reações.

— Interessante — respondi, ouvindo alguns pássaros cantando mais adiante. — E quando vocês saem, já observou algo inusitado?

— Algumas coisas.

— Tipo?

— Deixe-me pensar... Bem, teve uma vez que fiquei observando um garoto que toda vez que ele ia tomar uma cerveja, ele cheirava e olhava todos os lados do copo. Até achei que talvez ele sentisse medo de alguém colocar algo na bebida dele, mas não era isso, porque ele não largava o copo da mão; acho que até no banheiro ele levava o copo. Deveria ser algum *toc*. Digamos que era uma atitude um pouco "bizarra", talvez — contou, rindo.

— Pode ser. — Coloquei a formiga de volta no chão e percebi que Isadora fez o mesmo. Olhei para ela. O sol agora iluminava seu rosto e isso a deixara mais radiante e linda. No mesmo instante, uma borboleta pousou em seu cabelo, porém, logo ela voou para outro lugar. Coloquei um dos braços em volta da cintura de Isadora, e ela retribuiu com um sorriso. Olhei em seus olhos, enquanto passava meus dedos pelos seus cabelos. Ela nada dizia, apenas me olhava fixamente e isso me deixava cada vez mais envolvido em seu olhar. Como uma pessoa poderia despertar tantos sentimentos na outra? Não sei o que iria acontecer dali para frente, mas tinha apenas a certeza de que queria estar ao lado de Isadora, e essa convicção só aumentava, ao passo que meu corpo se aproximava mais, e eu desejava aqueles lábios. Pensei que talvez não devesse, só que não estava conseguindo me controlar. Além disso, seu olhar também demonstrava que ela estava desejando o mesmo que eu. De repente, ela fechou suas pálpebras e eu fiz o mesmo. Aproximei-me um pouco mais e, em questão de segundos, estava sentindo o gosto daqueles lábios vermelhos de batom.

Isadora

"A vida é muito bonita, basta um beijo e a delicada engrenagem movimenta-se, uma necessidade cósmica nos protege."

– Adélia Prado

Ainda sentia o sabor dos lábios de Felipe na minha boca. Era um gosto de hortelã misturado com menta. Fiquei lembrando de cada detalhe. Já tinha ouvido muitas amigas dizendo que o primeiro beijo às vezes não era nada legal, devido à inexperiência de um dos dois. Até mesmo a Giovana me contara que o primeiro beijo dela havia sido catastrófico. Ela tinha beijado um garoto que conheceu no *shopping*, e depois de ficaram se paquerando por quase um mês, eles finalmente se beijaram, mas para ela foi péssimo; o beijo do garoto tinha gosto de cebola e era muito melado.

Mas com o Felipe, não. Tudo aconteceu naturalmente e de forma maravilhosa. Ele foi tão carinhoso. E por mais que eu tivesse percebido que ele me olhava de um jeito diferente e completamente encantador, eu sabia que ele estava esperando o momento certo para que pudéssemos nos beijar. Quando finalmente aconteceu, senti milhares de borboletas voando na minha barriga e uma imensa felicidade. Até parecia que estava flutuando.

Como ele sempre se encontrava em meus pensamentos, por um momento pensei que aquilo tudo pudesse ser algo da minha imaginação; até mesmo obsessão por uma pessoa que nem conhecia direito. No entanto, quando ficamos frente a frente e ele me olhou daquele jeito, demonstrando um imenso carinho por mim, tive a certeza de que não era apenas uma simples obsessão por um garoto lindo, mas um sentimento verdadeiro por uma pessoa.

Sempre li em livros sobre amor à primeira vista e, de certa forma, apesar de ser um pouco romântica, acreditava que isso só acontecia nos livros ou nos filmes, mais ainda, que nunca aconteceria comigo, já que era uma garota tímida e que nunca sequer havia beijado alguém. Afinal, acho que o fato de jamais ter sido beijada antes estava estampado na minha testa, porque, por mais que às vezes eu percebesse que algum garoto me olhava, nenhum deles já havia feito mais do que isso. Além do mais, sempre os via depois agarrado com outra garota. No fundo, até que não me importava, pois queria que o meu primeiro beijo fosse especial, e não simplesmente beijar por só por beijar. Sabia que minhas amigas não achavam isso nada normal, já que eu tinha dezesseis anos, mas a verdade é que nunca me importei com a opinião delas. Eu sabia o que queria, e lembrando agora do meu beijo com o Felipe, me senti mais realizada. Tinha sido maravilhoso e inesquecível.

— Posso entrar? — perguntou minha mãe, abrindo a porta do meu quarto.

— Claro! — respondi, sentando-me na cama. Não estava mesmo conseguindo dormir, talvez conversar com minha mãe seria bom.

— Notei algo diferente desde que você chegou do passeio de bicicleta — ela disse, puxando uma cadeira e sentando-se ao meu lado.

— Não tem nada não — respondi, ciente de onde ela queria chegar.

— Isa, eu já tive sua idade, também passei por tudo isso que você está passando. Para você ir andar de bicicleta, tem alguma coisa aí — falou, rindo.

Fiquei olhando para ela. Por mais que ela pegasse muito no meu pé para estudar, eu sempre gostei desse lado protetor dela, e gostava mais ainda quando ela vinha conversar comigo.

— Tá tudo bem, mãe. Só foi um dia bom depois de tantas provas. Quero aproveitar minhas férias de meio de ano. E um amigo me convidou para andar de bicicleta, só isso.

— Isa, Isa — falou, pegando minhas mãos e as acariciando. — É muito bom quando estamos apaixonados, é algo maravilhoso e faz parte da nossa vida. Lembro até hoje do momento que conheci seu pai e do quão apaixonados ficamos logo de início. Queríamos ficar juntos o tempo todo. Ele é meu amigo, confidente, meu primeiro amor. Passamos por tantas coisas juntos, e ainda passamos, mas o que nos faz permanecer unidos é o nosso amor, e o fruto disso está aqui na minha frente: a minha eterna princesa.

Havia um pouco de emoção na voz dela e isso só fez com que eu tivesse mais certeza do que sentia por Felipe.

— Te amo, mãe.

— Também te amo, minha filha, e é por isso que quero te dizer que, nessa idade, essa paixão toda costuma ser muito aflorada, e vocês vão querer estar juntos o tempo todo, mas você precisa tomar cuidado, minha filha. Não se afobe muito e tenha sempre consciência de seus atos, para não fazer nada que se arrependa depois. Lembre-se que você ainda tem que estudar muito e tem um futuro brilhante pela frente; não quero que isso seja adiado.

Eu entendia o lado da minha mãe e gostei do que ela havia me falado.

— Quero conhecer esse rapaz — disse, me abraçando e levantando-se para sair do quarto.

Assenti com a cabeça e me joguei de volta na cama, com o celular em mãos.

Fiquei rolando no colchão, imaginando se Felipe também estaria pensando em mim naquele momento. Com isso, comecei a sentir novamente tudo o que havia passado horas atrás. Aquelas mãos me envolvendo em seu corpo, parecendo que estava me protegendo, e aqueles lábios me tocando. Por mais que tudo tivesse sido real, ainda pensava que poderia não ter passado de um sonho e que logo despertaria para a realidade.

Depois que nos beijamos, começamos a nos olhar. Felipe me abraçou e ficamos ali, sem dizer nada. Na verdade, acho que o silêncio, e aquele lugar maravilhoso, já estava dizendo tudo. Senti-me protegida e muito feliz. No final, nem andamos mais de bicicleta, resolvemos ficar ali, abraçados, curtindo aquele momento só nosso. E lógico, nos beijando muito.

Bili ajeitou-se nos pés da minha cama, enquanto eu ainda sonhava acordada, imaginando quando o veria novamente. Fechei por um segundo meus olhos, para que tudo se tornasse mais nítido, mas fui despertada pelo som do meu celular, mostrando-me uma nova mensagem:

> *Amor é fogo que arde sem se ver;*
> *É ferida que dói, e não se sente;*
> *É um contentamento descontente;*
> *É dor que desatina sem doer.*
>
> *É um não querer mais que bem querer;*
> *É um andar solitário entre a gente;*
> *É nunca contentar-se de contente;*
> *É um cuidar que se ganha em se perder.*
>
> *É querer estar preso por vontade;*
> *É servir a quem vence, o vencedor;*
> *É ter com quem nos mata, lealdade.*
>
> *Mas como causar pode seu favor*
> *Nos corações humanos amizade,*
> *Se tão contrário a si é o mesmo Amor?*

— Novamente esta mesma mensagem? Quem pode ser? — Sentei-me na cama, com o celular nas mãos. — Tenho que saber quem é que está me enviando isso; não dá mais para ficar neste anonimato — pensei em voz alta, enquanto recebia outra mensagem.

> *Meu destino*
> *Nas palmas de tuas mãos, leio as linhas da minha vida.*
> *Linhas cruzadas, sinuosas, interferindo no teu destino.*
> *Não te procurei, não me procurastes — íamos sozinhos*
> *por estradas diferentes.*
> *Indiferentes, cruzamos*
> *Passavas com o fardo da vida... Corri ao teu encontro.*
> *Sorri. Falamos.*
> *Esse dia foi marcado com a pedra branca*
> *da cabeça de um peixe.*
> *E, desde então, caminhamos juntos pela vida...*

— Duas mensagens em seguida, e agora um poema de Cora Coralina!? Meu Deus, quem pode ser? — Comecei a ficar um pouco desesperada. Olhei para a última mensagem e vi que aparecia o número do remetente. — Esse número de telefone não é estranho, de quem pode ser? — eu disse, sentindo meu coração um pouco acelerado, enquanto voltava para as primeiras mensagens que eram do Soneto de Camões.

Amor é fogo que arde sem se ver;
É ferida que dói, e não se sente;
É um contentamento descontente;
É dor que desatina sem doer.

É um não querer mais que bem querer;
É um andar solitário entre a gente;
É nunca contentar-se de contente;
É um cuidar que se ganha em se perder.

É querer estar preso por vontade;
É servir a quem vence, o vencedor;
É ter com quem nos mata, lealdade.

Mas como causar pode seu favor
Nos corações humanos amizade,
Se tão contrário a si é o mesmo Amor?

— Mas é claro! Como não percebi antes? Estão grifadas: fe, li e p. Fe - Li - P; FELIPE. — Comecei a rir sozinha. — Foi ele esse tempo todo! — Digitei rapidamente algumas palavras.

Acabou a solidão e a sua ferida está curada, porque você estará para sempre preso em mim.
Bjos, Isa!

Felipe

Quantas vezes...
Quantas e quantas vezes tentei negar,
Quantas e quantas vezes tentei fugir,
Quantas e quantas vezes tentei esconder,
Quantas e quantas vezes...
Quantas e quantas vezes não me dei conta
Do verdadeiro amor que me preenchia;
Tentava ser aquilo que não sou,
Tentava ser aquele que nunca fui,
Aquele que pouco percebia
O verdadeiro amor de Deus.

Quantas e quantas vezes deixei me levar
Pelas incertezas do coração
E pelas certezas de um pecador.
Poucas vezes percebi a paz
Que só me era dada na misericórdia
E na luz do Salvador.
Mas hoje, depois de tantas derrotas,
Posso perceber
Quantas portas foram abertas
E que pensava estarem fechadas,
E que a vitória só será dita
Quando o amor tocar o coração
E quando perceber
As belezas do mundo através
Daquele que ama de verdade.
E quando achares que tudo está perdido,
E que nada tem mais solução,
O amor de Deus estará sempre presente,
Aquecendo e protegendo através do abraço do Amor de Deus.

– Joyce Silva

— Você está mais linda hoje do que nunca — elogiei, assim que a vi saindo pela porta de sua casa. Ela usava um vestido floral e, conforme caminhava, a saia balançava ao ritmo do seu movimento. Ela sorriu e eu retribuí com um beijo.

— Você não está nada mal com essa camiseta polo e essa calça *jeans* — disse, ajeitando a gola da minha camiseta. — Você não tinha outro compromisso hoje? Talvez almoçar com seu pai? — ela perguntou, enquanto entrávamos no carro.

— Tudo bem, hoje meu pai vai almoçar com a minha irmã; parece que as coisas estão se ajeitando. Não via a hora disso acontecer — respondi, feliz por Thaís e meu pai.

— Que bom, fico feliz que eles estão bem — ela falou, colocando o cinto.

— Espero que tudo fique bem mesmo, porque hoje ela vai conhecer a nossa futura madrasta — comentei, ligando o carro.

Isadora assentiu com a cabeça. Fiquei um tempo olhando para ela e dizendo para mim mesmo como eu estava feliz em tê-la ao meu lado. Desde o nosso primeiro beijo, sentia a necessidade de estar cada vez mais junto dela. Lembro-me de que havia sentido algo parecido com Bianca, mas com Isadora era diferente, era algo muito além de uma simples paixão. Isadora me completava.

A igreja não ficava muito longe, então logo chegamos. Estacionei, mas quando já estava abrindo a porta do carro, um garoto, talvez com seus doze anos, correu até nós e perguntou se poderia olhar o carro; afirmei que sim com a cabeça. No final, iria dar algum dinheiro em troca dos seus serviços. Não concordava em dar dinheiro para pedintes, porém, olhando para o garoto, imaginei que aqueles trocados, no final do dia, certamente seriam para ajudar nas despesas da casa.

Caminhei ao lado de Isadora e segurei em suas mãos. Ela retribuiu, apertando-as. Entramos na igreja e a missa não tinha começado. Havia ainda alguns lugares vazios e acabamos nos sentando perto do altar. Isadora ajoelhou-se para fazer suas orações iniciais e eu fiquei parado, olhando a imagem de Cristo, de braços abertos, bem na minha frente.

Tentei me lembrar da última vez que estive em uma igreja. Havia sido há um ano atrás. Na época, devido aos acontecimentos, tinha culpado Deus pelo que acontecera com Bianca. Naquele momento, porém, comecei a refletir sobre o quanto tinha sido fraco na fé e um idiota por culpar Deus por algo que não havia como ser evitado. Senti meus olhos lacrimejarem e, de repente, estava chorando. Contudo, não me importei com isso, nem se Isadora estava vendo ou não. Queria limpar meu coração, e isso eu estava fazendo. Fechei meus olhos e comecei a rezar, sentindo-me em paz.

A missa começou e, durante toda ela, fiquei de mãos dadas com Isadora. Isso só me trouxe mais tranquilidade. A cerimônia não foi muito demorada, mas o suficiente para que eu pudesse conversar com Deus em meus pensamentos. Na homilia, o padre falou sobre o perdão, e senti naquele momento que ele estava falando comigo. Até aquele dia, além de culpar Deus pelo ocorrido com Bianca, também me sentia culpado; no entanto, ao ouvir aquelas palavras, aquela culpa começou a ser deixada de lado, afinal, a vida continuava, e eu me sentia disposto a continuá-la ao lado de Isadora.

— Tudo bem? — ela perguntou, enquanto caminhávamos para o carro depois da missa.

— Sim, tudo ótimo — respondi, entregando uma nota de cinco reais para o garoto que "cuidara" do meu carro.

— Que bom. E agora, para onde iremos?

— Está com fome? — indaguei, imaginando sua resposta.

— Um pouco.

— Sei que não é nada legal comer um lanche na hora do almoço, mas pensei em comprar um no *Subway* e andar um pouco pela Avenida das Esmeraldas.

— Perfeito, o dia está ótimo para isso — ela disse, sorrindo enquanto entrava no carro.

Durante o percurso, não falamos nada. Algumas vezes, Isadora me olhava e eu retribuía com um sorriso. Só a presença dela já estava sendo suficiente para que eu me sentisse feliz.

— Fazia tempo que você não ia à missa? — ela me perguntou quando já caminhávamos pela Avenida das Esmeraldas, depois de termos comido o lanche.

— Um ano mais ou menos. Sentia culpa e também culpava a Deus.

— Humm — respondeu, tentando entender, mas não perguntou nada.

— Isa, eu tive uma namorada que conheci logo que entrei na faculdade. Ela fazia Direito também — comecei a falar, afinal, Isadora tinha o direito de saber de Bianca. — Começamos como amigos e acabamos nos tornando namorados. Eu a amava muito, e sei que ela sentia o mesmo; um dia, no entanto, ela foi viajar com os pais para a praia, e quando voltavam, chovia muito. Devido à canseira, Bianca dormia no banco de trás. Um outro carro, vindo em sentido contrário, perdeu o controle e acabou batendo no carro de Bianca. Com a batida, ela foi jogada para fora. Seus pais só tiveram ferimentos leves, mas ela, infelizmente, não, e morreu no local.

Conforme fui contando, novamente as imagens de Bianca vieram em minha mente. Era como se tudo o que eu tinha sentido um ano atrás, estivesse se reacendendo, porém, por mais que aquelas lembranças ainda me machucassem, eu precisava contar para Isadora; eu tinha que estar completo para poder ficar ao seu lado.

Quando finalmente terminei de falar, respirei fundo. Isadora me olhava docemente. Senti-me aliviado.

— Eu sinto muito — disse ela, depois de um tempo em silêncio, com os olhos cheios de lágrimas.

— Não queria te contar isso, mas precisava.

— Tudo bem — respondeu, acariciando minhas mãos.

— Por um tempo, acabei culpando Deus por não ter salvado ela.

— É normal quando uma coisa dessas acontece; mas Deus, em sua infinita misericórdia, sabe que falamos isso da boca para fora. E Ele sempre está ao nosso lado. Só não entendi por que você também se sentia culpado.

— Porque antes de eles saírem da praia e virem embora, eu estava conversando com ela pelo telefone. Pensei que se tivéssemos conversado mais, eles teriam demorado um pouco para pegar estrada e talvez isso não tivesse acontecido.

— Felipe, independentemente disso, se era para acontecer, iria acontecer de qualquer jeito. Infelizmente foi uma fatalidade. Nem tudo podemos controlar.

Olhei para Isadora e pensei que, apesar da pouca idade, ela tinha maturidade suficiente para entender muitas coisas da vida. E isso só me fez gostar mais dela ainda.

— Mas entrando na igreja, percebi que estava errado o tempo todo, e agora estou em paz. — Parei de andar e, olhando mais fixamente para Isadora, disse. — Que bom que você apareceu na minha vida.

Ela entrelaçou seus braços em minha cintura e me deu um beijo. Ficamos nos beijando ali mesmo, no meio da pista de *cooper*, sem nem nos importarmos se alguém pudesse estar olhando ou se estávamos atrapalhando o caminho.

Isadora

> "Eu te amo porque te amo,
> Não precisas ser amante,
> e nem sempre sabes sê-lo.
> Eu te amo porque te amo.
> Amor é estado de graça..."
>
> —Carlos Drummond de Andrade

Saber do amor de Felipe por Bianca, de certa forma, tinha sido uma bomba na minha cabeça. Ainda mais como tudo havia terminado e os verdadeiros sentimentos dele; até mesmo a culpa. Mas tentei não ficar pensando naquilo.

Acreditava em seus sentimentos por mim, e ele estava sendo muito sincero desde o início. Sabia que, de alguma forma, ele não esqueceria dela e ela sempre estaria em seus pensamentos, contudo, também entendia os meus reais sentimentos por ele e iria fazer de tudo para deixá-lo feliz.

Apesar de as férias do meio de ano serem curtas, fizemos de tudo para passar a maior parte do tempo juntos. Felipe ainda estava indo ao estágio no escritório, e sempre que possível, ia até minha casa no final do dia para podermos namorar um pouquinho, o que nem sempre era possível, pois, apesar de meu pai confiar em mim, ele acabava ficando por perto e chamando Felipe para conversar. De certa forma, achava até engraçado o jeito protetor dele; tentava demonstrar que não estava com ciúmes, mas, no fundo, era exatamente isso, provavelmente por imaginar que a princesinha dele havia crescido.

Durante o dia, eu ficava repassando algumas matérias do semestre, assim, pelo menos, minha mãe não pegava tanto no meu pé. Apesar de sempre nos falarmos e estarmos juntos, comecei a entender o que a Giovana havia me dito uma vez, enquanto voltávamos da escola e ela não parava de falar do Fernandinho: "Quando você realmente gostar de alguém de verdade, vai querer ficar ao lado dessa pessoa vinte e quatro horas por dia".

Ela tinha razão e isso até me causava medo de um dia não ter mais a pessoa ou tudo aquilo passar; misturado a isso estava a saudade e o amor, muito amor.

Queria sentir tudo aquilo. Era bom. Confesso que às vezes parecia um pouco assustador, mas, ao mesmo tempo, era o melhor dos sentimentos que eu poderia estar sentindo naquele momento. Lembrava-me constantemente dos poemas que sabia de cor, e que agora podia entender perfeitamente o que os poetas sentiam quando os escreviam. Alguns eram dramáticos, porém, imaginava que isso se dava por não terem mais a amada ou amado ao lado. Já outros eram melosos revivendo os amores. De qualquer forma, seja qual for, os poetas sempre souberam, e ainda sabem, expressar perfeitamente o que guardam na alma. Pensando em tudo isso, enquanto aguardava Felipe chegar naquele último sábado de férias, repassava por meus olhos mais um poeta apaixonado:

As sem-razões do amor
(Carlos Drummond de Andrade)

Eu te amo porque te amo,
Não precisas ser amante,
e nem sempre sabes sê-lo.
Eu te amo porque te amo.
Amor é estado de graça e com amor não se paga.

Amor é dado de graça,
é semeado no vento,
na cachoeira, no eclipse.
Amor foge a dicionários e a regulamentos vários.

Eu te amo porque não amo bastante ou demais a mim.
Porque amor não se troca, não se conjuga nem se ama.
Porque amor é amor a nada, feliz e forte em si mesmo.

Amor é primo da morte, e da morte vencedor,
por mais que o matem (e matam) a cada instante de amor.

Suspirei assim que terminei de ler e, no mesmo instante, Felipe buzinou, avisando que havia chegado. Deixei o livro em cima da cama, peguei minha jaqueta que estava pendurada em uma cadeira e saí apressada. Meu pai assistia a um filme na televisão, enquanto Bili dormia em seu colo.

— Até mais, pai — eu disse, dando um beijo em seu rosto.
— Tome cuidado minha filha — ele orientou.

Minha mãe, que estava na cozinha, orientou mais uma vez.
— Tome cuidado e tente não chegar tarde!

Dei também um beijo em seu rosto e fechei a porta atrás de mim.

Felipe estava me esperando da mesma forma como ficava quando vinha em casa: encostado no carro, com as pernas cruzadas. Fiquei parada na porta de casa, olhando-o por um momento. Ele estava lindo, como de costume. Usava uma camiseta de algodão branca, uma bermuda *jeans* e um tênis. Os cabelos, como sempre bem penteados. Sorri, vendo-o ali, parado, me olhando, e me senti mais feliz ainda. Não tinha como fugir mais daquele sentimento, e nem mesmo queria. Caminhei em sua direção. Ele me abraçou e nos beijamos. Senti seu perfume e percebi que ele também havia gostado do meu.

— Para onde vamos hoje? — perguntei, depois que nos beijamos.

— Isso você só saberá quando chegarmos — respondeu, abrindo a porta do passageiro e me convidando a entrar.

— Hummm, mistério — falei, fechando a porta. — Estamos indo para um parque de diversões? Mas já vou avisando que tenho medo de altura e por isso nem adianta me colocar em uma montanha-russa. — Arrisquei-me, tentando saber o lugar.

— Espertinha! Nem adianta. Você não conseguirá tirar nada de mim. É surpresa. SURPRESAAAA! — afirmou, ligando o carro.

Felipe dirigiu por algumas ruas e, em poucos minutos, já estávamos pegando a rodovia. Sempre muito cuidadoso, prestava atenção no trânsito, mas também pude perceber que, às vezes, ele me olhava com o canto do olho. Resolvi ligar o som do carro. Quando "Somos Quem Podemos Ser" começou a tocar, não consegui me segurar e fui cantando junto. Adorava aquela música; na verdade, minha vida toda gostei de ouvir música, seja ela de várias épocas e de vários estilos. Gostava de prestar atenção na letra, pois sabia que ali havia uma poesia escondida, e assim como nos poemas, o letrista estava colocando os seus sentimentos, ou de alguém próximo. Olhei para Felipe, ainda cantando, e ele me sorriu. Aquele sorriso que me encantou desde o primeiro dia em que o vi. Fiquei pensando como eu, com apenas dezesseis anos, já podia gostar tanto de uma pessoa. Mas pensando bem, será que para amar havia idade? Aumentei um pouco mais o volume do som do carro.

"Um dia me disseram
Que as nuvens não eram de algodão
Um dia me disseram
Que os ventos às vezes erram a direção

E tudo ficou tão claro
Um intervalo na escuridão
Uma estrela de brilho raro
Um disparo para um coração."

— Adoro essa música — ele me disse.
— Eu também; na verdade, escuto um pouco de tudo, e os Engenheiros do Hawaii estão na minha *playlist*. Mas tenho só uma certeza, se sua irmã estivesse aqui, iria rir dessa minha voz de taquara rachada. — Ri de mim mesma.
— Verdade, ela iria tampar os ouvidos — brincou Felipe.
Fiquei tão envolvida com a música que nem percebi que tínhamos saído da rodovia e entrado em uma estrada de chão, com muitas árvores em volta. Tentei verificar se tinha moradores

por ali, mas só consegui ver uma ou outra casa, sem falar dos poucos animais que circulavam por perto. Certamente era um lugar pouco frequentado. Felipe diminuiu a velocidade e começou a dirigir com mais cautela. Algumas pedras dificultavam o caminho, mas pelo jeito ele já conhecia bem o percurso, porque logo já estávamos parando o carro em um lugar com um campo aberto.

Não conhecia o lugar, contudo, fiquei paralisada quando analisei tudo à minha volta. O percurso não tinha sido demorado, então eu não entendia como eu ainda não conhecia aquele lugar. Dei alguns passos, reconhecendo o terreno, e avistei um imenso vale, de onde, ao fundo, podíamos ver a cidade toda de Marília. Fechei meus olhos e respirei fundo, como se quisesse absorver todo aquele ar puro em meus pulmões.

— Que lindo... lindo... lindo — gritei, abrindo os braços como se quisesse abraçar tudo aquilo. — Como você encontrou essa maravilha toda?

— Este segredo não posso revelar — disse, me abraçando. — E que bom que você gostou, temia que não gostasse.

— Impossível não gostar! Além disso, este lugar fica mais perfeito ainda com você ao meu lado — falei, olhando em seus olhos, que brilhavam mais intensamente.

Sentei-me e Felipe fez o mesmo, segurando em minha cintura. O vento bagunçava um pouco os meus cabelos, por isso os coloquei atrás das orelhas. Ficamos em silêncio, apenas observando tudo aquilo à nossa frente. Fechei mais uma vez meus olhos e consegui escutar apenas no fundo alguns passarinhos que passavam por nós. Nenhum barulho de carro ou pessoas, nada! Somente o silêncio da natureza. Encostei minha cabeça no peito de Felipe e consegui escutar as batidas tranquilas do seu coração. Ficamos assim por um bom tempo. Nada falávamos, só sentíamos.

— Venha! — finalmente ele me disse, beijando minha cabeça e se levantando.

Coloquei-me de pé e Felipe, segurando em um dos meus braços, começou a correr comigo. Parecíamos duas crianças correndo felizes. Senti o vento batendo em meu rosto e isso me deixou alegre. Meus cabelos começaram a bagunçar mais ainda, então resolvi amarrá-los em um rabo de cavalo. Felipe continuava correndo e suas bochechas começaram a ficar vermelhas, certamente estava suando. Notei que seus cabelos também tinham ficado bagunçados, mas ele nem ligou para isso; pegou novamente em meus braços e continuamos correndo juntos.

— Calma, calma. Estou quase sem fôlego, fazia tempo que não corria assim — finalmente falei, com a voz ofegante e cansada e com as duas mãos nos joelhos, parando um pouco para descansar.

— Pelo jeito você não fazia isso há muito muito tempo.

— Sim, preciso descansar — murmurei, deitando-me no chão.

— Quer que eu chame um reboque? — provocou-me, olhando fixamente para mim.

— Tenho certeza de que não será preciso, logo estarei em forma e o reboque terá que ser chamado para você.

— Duvido muito, malho quase todos os dias e estou em boa forma.

— Espere só um minutinho que você verá — eu disse, desafiando-o.

— Vamos! — Felipe continuou. — Vem e larga de ser molenga! — falou, rindo, e num impulso, me pegou no colo, rodopiando comigo no ar.

Abri os braços e senti o vento bater em meu corpo. Estava um pouco gelado, mas isso só me refrescava e me fazia sentir livre. Livre como um pássaro, que acabou de aprender a voar. Fechei os olhos e tentei não pensar em mais nada. Senti-me em paz e protegida. Aqueles braços, que eu tanto sonhei que estivessem comigo, estavam naquele dia me segurando e me fazendo completamente feliz. Respirei profundamente, enquanto Felipe, ainda comigo nos braços, levava-me um pouco mais adiante.

Sentei-me novamente, ao passo que ele voltou para o carro. Em seguida, surgiu com uma pequena cesta.

— Você pensou em tudo — falei, conforme ele estendia uma toalha no chão e tirava algumas frutas, uma garrafinha de suco de laranja e algumas bolachas da cesta. — Está perfeito!

Felipe então se sentou ao meu lado e começamos a comer aquela pequena refeição.

— Você sempre traz garotas aqui? — arrisquei-me em tom provocador.

— Você é a primeira.

— Vou tomar isso como um elogio.

— Faz pouco tempo que conheci esse lugar, e pensei que você pudesse gostar.

— E tem como não gostar? Obrigada.

— Por nada.

Parei por um tempo e fiquei olhando para Felipe, enquanto ele mordia uma maçã.

— Felipe?

— Sim — respondeu, me olhando.

— Eu te amo — eu disse, sem me importar se ele também iria poder dizer o mesmo. Senti vontade de expressar o que realmente estava sentindo naquele momento; talvez não fosse mútuo, mas não fazia diferença; eu sentia aquilo e queria que ele soubesse.

Amava Felipe desde o primeiro momento que o vi naquele banco, estendendo a mão para devolver meu celular. Se iríamos ficar juntos para sempre, isso não sabia; a única coisa que realmente sabia era que estava sentindo tudo aquilo e nada mais.

Felipe levantou-se e sentou-se mais perto de mim. Passou as mãos pelos meus cabelos e me olhou fixamente. Ficou mudo. Passou-se um longo tempo com a gente ficando daquele jeito.

— Também te amo, Isa — finalmente ele disse, abraçando-me e me beijando calorosamente, ao passo que me apertava sobre o seu corpo.

Senti seu coração bater acelerado e tive a certeza de que ele também conseguia escutar o meu. Não tínhamos noção do tempo e nem queríamos pensar naquilo naquele momento; ficamos ali até o dia dar lugar à noite. Aos poucos, as estrelas começaram a surgir lindamente, e tudo mostrava que seria mais uma noite perfeita.

— Olha aquelas ali. — Eu apontei para as Três Marias. — Quando eu era pequena, todos os dias, antes de dormir, ficava olhando o céu e desejando que as estrelas pudessem estar um pouco mais perto; assim eu poderia pegá-las. Eu queria poder colocar nem que fosse apenas uma delas em um pote de vidro e ter ali comigo, do lado da minha cama, todas as noites.

— Realmente, são lindas mesmo. Uma vez eu vi uma estrela cadente passar bem perto da minha casa.

— E você fez um pedido?

— Fiz, mas na época eu era muito pequeno e desejei só um carrinho novo. — Felipe riu como se estivesse se lembrando da cena e olhando para mim. Continuou: — E você, tem algum desejo que não realizou ainda?

— Sim, sempre temos alguma coisa que desejamos.

— Me conte um.

— Quando eu era pequena, queria pular de paraquedas.

— Nossa! A menina tímida é aventureira — Felipe brincou, fazendo cócegas em minha barriga. Em seguida, levantou-se num pulo e disse: — Vamos, já sei.

— O que você vai fazer? — perguntei, sem entender.

— Você vai ver.

Acompanhei-o. Segundos depois, paramos em frente ao vale.

— Agora, feche os olhos — ele ordenou.

Fechei os olhos como Felipe me pediu e então ele me

abraçou por trás. Não pensei em mais nada, apenas senti o frescor da noite. Em seguida, calmamente, abri os olhos. Incrivelmente, parecia que as estrelas estavam perto de mim. Num gesto imaginário, fingi pegar uma e a levei até o meu coração.

— Agora terei uma estrela juntinha de mim, iluminando o que eu sinto por você.

— Para sempre! — ele complementou, me beijando.

Cheguei em casa era quase oito da noite. Ainda estava em êxtase pelo dia que acabará de ter ao lado de Felipe. Meus pais estavam jantando. Fechei a porta, mas logo a campainha tocou e eu voltei para atender. Acreditei que Felipe pudesse ter esquecido alguma coisa.

— Pedroooo! — gritei, surpresa, quando, ao abrir a porta, o vi na minha frente. — Eu não acredito! — disse, correndo para abraçá-lo.

Ele retribuiu o abraço. Estava diferente, mais bonito; até tive a impressão de que parecia mais alto. Alguns belos músculos eram nítidos em seus braços; percebi-os assim que nos abraçamos. Encontrava-me transbordando de alegria; havia passado um dia maravilhoso com Felipe e agora meu melhor amigo estava parado à minha frente.

— Você acha que me esqueceria de você!? — falou, parando para me olhar. — Nossa! Você está diferente... não sei o que é — analisou-me.

— Quando você chegou? Por que não me disse nada?

— Queria fazer surpresa — explicou, sentando-se em uma das cadeiras da varanda.

— Nossa, eu nem acredito que você está aqui! Estava com saudades já — disse, fechando a porta e sentando-me ao seu lado.

— Também estava, e sei que este presente você vai amar. — Esticou as mãos e me entregou um embrulho.

— O que é? — perguntei, enquanto rasgava o papel. — Que

lindo, adorei! — disse, tirando um par de tênis da caixa. — Você não esqueceu mesmo, hein! Vou usar ele todos os dias na escola.

— Nunca me esqueceria de você, minha irmãzinha linda. Espero que seja o seu número.

— Até parece que você não sabe qual é, já me comprou tantos tênis antes.

— Mas este é importado — explicou, rindo. — Que saudades estava de você, não via a hora de chegar logo aqui! — continuou, abraçando-me novamente.

— Eu também estava sentindo muito a sua falta. Você sumiu por estes dias da *internet*; pensei que você tinha arrumado outra amiga ou talvez uma namorada — brinquei, cutucando sua barriga.

Pedro ficou em silêncio, me olhando.

— Queria te fazer uma surpresa, então resolvi sumir da *internet*; assim, pelo menos eu não te contaria que estava vindo para o Brasil. Você sabe como eu não consigo guardar segredos de você.

— Que bom que você está aqui. Senti tanto a sua falta, das nossas conversas. Algumas coisas aconteceram, mas agora está tudo bem. E estou *mega* feliz que você voltou. Você vai ficar definitivo agora, né? — indaguei, experimentada o tênis. — Serviu!

— Então, ainda não sei; vai depender de umas coisas que preciso resolver — respondeu, olhando também para o meu tênis. — Ficou perfeito, igual você.

— Que coisas? Quero saber de tudo. Ah, já sei! Deixou uma namorada lá e não sabe se ela vai querer vir para cá também — arrisquei-me.

— Espertinha! Tentando adivinhar as coisas.

— E você sabe que sou boa nisso. Mas deixa para lá! O importante é que você está aqui.

— E sua mãe, ainda no seu pé para o curso de Medicina?

— Sempre! E cada vez mais.

— Converse com ela, talvez ela te entenda — sugeriu, esticando os dois braços para se alongar. Neste momento, olhei melhor para seus músculos.

— Acho que ela não me entenderia; mas as coisas vão se resolver, assim espero — falei, tentando desviar os olhos.

— Fiquei até sabendo que a Giovana está namorando — disse, tirando um chiclete do bolso.

— Verdade. E ela está super feliz. Quase nem estamos nos vendo, só na escola mesmo. Nestas férias, nem nos falamos muito. Vou saber das novidades na segunda-feira, quando retornaremos às aulas.

— E você? — perguntou, me cutucando.

— Eu, o quê?

— Está namorando?

Fiquei em silêncio. Nem eu mesma entendi o motivo de não falar sobre o Felipe. Certamente, Pedro ficaria feliz por mim. E iria gostar de conhecê-lo. Mas eu não disse nada.

— E você, deixou alguma namorada por lá? — Mudei de assunto.

— Não.

— Hummm... Te conheço muito bem Pedro, você deve ter umas três namoradas de diferentes nacionalidades — eu disse, rindo, enquanto ele me olhava sério.

— Eu mudei muito, Isa. Esse intercâmbio me fez muito bem.

— Imagino! Conhecer lugares novos, pessoas novas, aprender outro idioma. É o sonho de muitas pessoas; eu mesma gostaria de poder ter essa oportunidade... Bem, quem sabe um dia — falei, olhando mais uma vez o presente que havia acabado de ganhar.

— Sim, é muito bom mesmo, mas o mais legal é que faz a gente crescer.

— Percebi. — Ri. — Você está até mais musculoso. Tem malhado muito por lá, né?

— Um pouco, só que também muda a gente em outros sentidos — respondeu, ainda parecendo sério.

— Mudou? Em que sentido? — indaguei, notando que ele tinha alguma coisa para me contar.

— Amadureci.

Pedro continuava me olhando sério. Naquele momento, percebi que ele realmente estava mudado. Aquele garoto brincalhão, agora dava lugar a um homem mais maduro. Enquanto ele me olhava, senti algo diferente.

— Isa — Pedro continuou, aproximando-se de mim e pegando em minhas mãos. — Eu mudei muito e posso te dizer que foi para melhor. Essa viagem fez com que eu descobrisse meus verdadeiros sentimentos. — Ele estava se aproximando cada vez mais.

Conforme Pedro chegava mais perto, fui tentando me afastar um pouco, mas já estava no canto do banco e não consegui ir mais longe. Seu rosto ficou bem próximo do meu.

— Isa, eu realmente entendo agora os meus sentimentos e não quero fugir mais deles.

Pedro aproximou-se ainda mais. Eu fechei meus olhos, numa tentativa de fugir do que estava acontecendo ali e do que imaginava que poderia vir a acontecer; foi quando senti os lábios dele tocando os meus.

Felipe

"No amor todos os caminhos acabam de forma igual – desilusão."

– Oscar Wilde

Percebi que um casal se beijava na varanda da casa de Isadora. No começo, não estava conseguindo ver quem era. Imaginei que fosse Giovana e Fernandinho. A garota usava a mesma roupa que Isadora havia vestido o dia todo. Quis acreditar que isso fosse apenas uma grande coincidência. Parei o carro de frente para o portão. O casal nem se importou com quem pudesse estar ali; pareciam bem entrosados e, certamente, bem apaixonados. Apertei um pouco mais meus olhos, na tentativa de enxergar melhor. Foi então que senti minhas pernas amolecerem, pois tive a certeza. No mesmo instante, fiquei sem reação. Como ela, estando o dia todo comigo, e me dizendo que me amava, agora podia estar ali, beijando outro cara? Um trilhão de questionamentos começaram a surgir em minha cabeça. Por que eu tinha voltado à casa dela naquele momento? Lembrei-me de que havia sido para devolver sua jaqueta, que ficara no carro. Agora, olhando-a ali, beijando outra pessoa, me senti um completo idiota. Senti-me traído.

Num impulso, acelerei o carro; não queria ver mais nada, já tinha visto o suficiente. Comecei a dirigir pelas ruas sem destino. Eu pensava que Isadora era uma garota diferente. Logo eu, que havia passado tanto tempo tentando afagar meus sentimentos por Bianca, e que achava que nunca mais iria sentir algo tão especial por outra garota, acabara encontrado em Isadora uma pessoa que podia amar. E realmente a estava amando; mas vê-la ali, beijando outra pessoa, me fez sentir muita raiva.

— Idiota, isso é o que você é. Ela estava brincando com você, isso sim — eu disse, enquanto dirigia e sentia meus olhos se encherem de lágrimas.

Parei o carro em uma rua deserta e debrucei-me ao volante. As lágrimas começaram a escorrer pelo meu rosto e senti seu gosto salgado. A imagem do dia maravilhoso que tivera com Isadora, misturada à cena dela beijando outro cara, começaram a se tornar confusas em minha mente. Não sabia o que fazer e nem mesmo queria pensar naquilo naquele momento. Queria tentar apagar aquilo tudo da minha memória. Mas como iria fazer isso, se realmente estava apaixonado por Isadora?

— Por que você fez isso comigo? Por quê? — perguntei-me, batendo com a cabeça no volante do carro.

Pensei em voltar para casa, mas não queria fazer isso. Thaís estava passando seu final de férias lá e parecia tão feliz pela reaproximação com o nosso pai, que não queria que ela e minha mãe me vissem daquele jeito; não queria levar problemas para casa.

Fiquei mais um tempo parado ali, apenas lembrando dos dias em que estive ao lado de Isadora. Conforme ia me lembrando de como era muito bom estar ao seu lado e de como, aos poucos, ela havia me conquistado, também fui me lembrando de vê-la beijando outra pessoa.

Liguei para o Rodrigo e combinamos de nos encontrar em um barzinho. Precisava tomar alguma coisa.

— Eu falei para você não se envolver com ela — disse Rodrigo, tomando um gole de cerveja. — Cara, ela tem a idade da minha irmã; na verdade, até estudam juntas; ainda não sabem direito o que querem.

— Eu pensei que ela fosse diferente e acabei me enganando — respondi, virando de uma única vez a cerveja que estava em meu copo.

— Mas não esquenta com isso não! Olhe à sua volta; tem tantas garotas bonitas aqui hoje — falou, olhando para uma garota que passava ao seu lado.

— Não quero pensar nisso agora — declarei, de cabeça baixa.

— Pelo jeito, você está gostando dela de verdade.

— Sim, e muito, mas vou ter que esquecê-la.

Mais uma vez, pensei em Isadora; e em como ela e aquele cara provavelmente estavam rindo da minha cara naquele momento. Será que ela havia deixado a jaqueta no meu carro de propósito, só para que eu voltasse e os encontrasse ali? Não, Isadora não demonstrava ser esse tipo de garota; se bem que, já que estava beijando outro, comecei a imaginar que sim, ela poderia ter feito aquilo. Tomei mais um pouco de cerveja e logo o garçom trouxe outra garrafa para a nossa mesa.

— Vai com calma aí, cara. Não tente descontar tudo na cerveja — aconselhou Rodrigo, enquanto eu bebia mais um pouco.

Não respondi nada. Olhei em volta do bar e percebi que uma garota me olhava, certamente querendo que eu retribuísse. Dei um sorriso amarelo e voltei a encarar Rodrigo.

— E você, tá paquerando quem hoje? — perguntei, tentando mudar de assunto.

— Aquela morena alta ali — respondeu, apontando com a cabeça para uma mesa à nossa frente, na qual havia três garotas sentadas. — Acho que ela também gostou de mim.

— Ela é bonita, mas também você não para de a ficar encarando, ela tem que estar interessada mesmo.

— É a arte da paquera meu amigo, deveria aprender comigo.

Olhei para o Rodrigo e ri.

— Olá, meninos! Tudo bem? — disse uma voz atrás de mim.

Olhei rapidamente e vi que era Eduarda.

— Posso me sentar? — ela perguntou

— Claro — respondeu Rodrigo imediatamente.

— Você está sozinha? — indaguei, enquanto Eduarda se sentava ao meu lado.

— Uma amiga ficou de me encontrar aqui, mas ela ligou agora dizendo que não vai poder vir, então vi vocês e resolvi entrar.

— Ah, sim — falei, olhando para baixo.

— Quem sabe você não pode animar um pouco o nosso amigo aqui!?

— Humm, isso não será problema — ela respondeu com um sorriso malicioso.

— Estou bem, só alguns problemas, só isso — esclareci, tomando mais um pouco de cerveja.

— Posso te ajudar, se você precisar de uma amiga — disse, pegando em minha mão.

Rodrigo olhou já desconfiando das pretensões de Eduarda, mas logo voltou seu olhar para a mesa em que estava a garota que paquerava.

Desde que eu tinha conhecido Eduarda em uma boate, havia percebido que ela demonstrava interesse por mim, porém, logo depois comecei a namorar Bianca e ela acabou se afastando. Nós nos tornamos amigos. Só que, naquele momento, vendo-a ali, do meu lado, acariciando minhas mãos, compreendi que ela ainda sentia algo a mais.

— Aposto que tem a ver com aquela garotinha da escola — continuou ela, ainda segurando em minhas mãos. — Fiquei sabendo que vocês estão juntos; mas ela é muito novinha, você precisa se envolver com gente da sua idade, mulheres um pouco mais maduras.

— Talvez — falei, tentando tirar minhas mãos, mas Eduarda continuou segurando-as.

— Você sabe que é verdade — ela disse, sorrindo.

— Talvez — respondi novamente, engolindo de uma única vez o resto de cerveja do copo.

— Vai devagar, Felipe! Você já bebeu demais por hoje. Aquela menininha não merece que você fique sofrendo assim! — Eduarda tirou o copo das minhas mãos.

— Ele quer descontar sua mágoa na bebida, mas isso não é legal. Calma aí, cara!

— Está tudo bem, não estou bêbado — declarei, tentando me levantar para ir ao banheiro. Naquele momento, senti tudo girar e quase caí no colo de Eduarda.

— Sim, com certeza — brincou Eduarda, me segurando.

— Esse rapaz está com problemas hoje, né? Acho melhor ir para casa — disse Rodrigo, segurando em um dos meus braços.

— Está tudo bem, só quero ir ao banheiro — respondi, tentando andar um pouco, mas cambaleando novamente.

— Vou te levar ao banheiro e depois para casa.

Rodrigo me ajudou, porém, foi só o tempo de chegar ao banheiro que senti meu estômago embrulhar e acabei vomitando.

Joguei água no rosto, tentando parecer um pouco melhor; no entanto, ainda sentia tudo girar. Tentei sair do banheiro sozinho, só que não consegui e Rodrigo acabou me ajudando mais uma vez. Eduarda já nos esperava na porta do barzinho, certamente não iria me deixar tomar mais nenhum gole: — É melhor levar ele para casa, ele bebeu muito por hoje.

— Estou bem, pega mais uma cerveja para mim — respondi, apoiando-me nela — Só mais uma — prometi, aproximando-me mais do rosto dela, completamente bêbado.

— Rodrigo, pode deixar que eu o levo para casa. Vou com o meu carro e amanhã, quando ele estiver melhor, vocês voltam aqui para pegar o carro dele.

— Não vai te atrapalhar? — perguntou Rodrigo.

— Tudo bem, só preciso que me ajude a levar ele até o carro — Eduarda respondeu.

Rodrigo então segurou em um dos meus braços e me acompanhou até o veículo.

— Muito bem, mocinho! Vamos para casa agora — ela disse, dando partida no motor.

— Não, eu não quero ir para casa; minha mãe e irmã não podem me ver assim — afirmei, ajeitando-me no banco. — Me leve para qualquer lugar, menos para minha casa — implorei, segurando em suas mãos.

Eduarda ficou me olhando e pensando no que fazer.

— Por favor, Eduarda, estou melhorando já, mas não quero ir para casa.

— Tudo bem, já sei para onde iremos — finalmente disse, saindo com o carro.

Eduarda dirigiu com concentração e logo paramos em um prédio. Então ela chamou o porteiro, que me ajudou a subir dois lances de escada. Entramos em um pequeno apartamento; provavelmente sua casa.

— Não ligue para a bagunça; acabei de me mudar e ainda falta colocar algumas coisas no lugar.

Assenti. Naquele momento, só conseguia ver tudo girando.

— Acho melhor você tomar um banho gelado. Vai te ajudar. O banheiro é logo ali. Vou ver se arrumo alguma coisa para você vestir — ela disse, mostrando o banheiro.

Liguei o chuveiro no frio. Com a água caindo em minha cabeça, lembrei-me mais uma vez de Isadora beijando outro cara e comecei a chorar. As lágrimas misturaram-se com a água e eu senti meu coração indo embora pelo ralo. Fiquei ali, olhando aquelas gotas caindo nem sei por quanto tempo, enquanto tentava colocar meus pensamentos no lugar.

— Que bom que serviu essa bermuda em você — Eduarda falou, assim que sai do banheiro. — Meu irmão esqueceu aqui semana passada; ele mora em outra cidade e veio passar uns dias comigo.

— Obrigado — respondi, observando que Eduarda também tinha trocado de roupa, mas ela vestia apenas uma longa camisa.

— Tudo bem, amigos são para isso. — Estendeu-me uma xícara de café. — Tome, você vai se sentir melhor.

— Obrigado mais uma vez — eu disse, engolindo o café e sentando-me no sofá.

— Não precisa agradecer. Você sabe que pode contar comigo no que precisar — afirmou, sentando-se ao meu lado.

Desviei o olhar.

— Não sei como uma garotinha daquelas conseguiu te deixar assim! Você precisa de uma pessoa que realmente goste de você e que saiba te tratar com muito carinho — prosseguiu, aproximando-se um pouco mais. — Você precisa de uma mulher, Felipe; de uma mulher mais madura.

— Eu gosto da Isadora — expliquei, tentando me afastar.

— Mas se você quiser, posso te provar que você será mais feliz comigo.

Dito isso, Eduarda aproximou-se mais e, num impulso, começamos a nos beijar. Então me lembrei, pela milionésima vez, de Isadora dando amassos com outro cara. Senti muita raiva dela naquele momento, por isso, fui beijando Eduarda com mais intensidade.

Acordei com uma tremenda dor de cabeça. Olhei em volta e lembrei que estava na casa de Eduarda. Ela dormia ao meu lado.

— O que eu fiz? — questionei a mim mesmo, tentando recordar-me da noite anterior. — Eu não posso ter feito isso.

Eduarda acordou e, olhando para mim, abriu um bonito sorriso.

— Bom dia, lindo!

— O que aconteceu? — perguntei, um pouco confuso.

— Entre nós? — indagou, passando suas mãos sobre o meu peito.

— É, a gente...

Eduarda sentou-se na cama, enquanto me acariciava.

— Você é maravilhoso, Felipe, e gosto de você desde o primeiro dia em que te vi — ela começou. — Você não se lembra de nada sobre ontem à noite?

— Lembro que nos beijamos.

— Humm, e foi ótimo, né? Nunca fui beijada como você me beijou. Você é maravilhoso, e quanto a ontem...

Permaneci em silêncio.

— Pode ficar tranquilo que foi só isso, infelizmente — ela disse, parecendo decepcionada.

Respirei aliviado.

— Só um beijo? — perguntei, ainda com medo da resposta.

— Infelizmente! Depois que nos beijamos, você começou a

chorar, dizendo que amava muito a Isadora e que não entendia o motivo de ela ter feito aquilo com você. Eu sinceramente nunca vi um cara chorar tanto por causa de uma garota. — Ela parou e ficou me analisando. — Você não parava de chorar e queria até que eu ligasse para ela, mas aí se deitou e apagou — contou, levantando-se da cama.

Abri um largo sorriso.

— Obrigado por estar ao meu lado — respondi, também me levantando da cama.

— Pelo jeito você realmente gosta daquela garota. Seja lá o que ela fez com você, é uma pena, porque você é um cara maravilhoso e de quem eu gosto muito. Quem sabe, algum dia você também goste de mim do jeito que eu gosto de você.

Ela olhou para o seu celular e eu a observei. Estava linda com aquela camisa; e pude perceber melhor suas curvas. Mas, infelizmente, não estava com cabeça para tentar outro relacionamento. E iria ficar assim até esquecer Isadora definitivamente.

— Acho melhor você ir, o Rodrigo já está lá embaixo te esperando.

Coloquei minhas roupas e dei um beijo em seu rosto.

— Mais uma vez, obrigado. — Fechei a porta atrás de mim, enquanto Eduarda entrava no banheiro.

— Você não perde tempo mesmo hein! — disse Rodrigo, assim que entrei em seu carro. — A Eduarda é uma gata.

— Não aconteceu nada que você está pensando.

— Se não quer contar, tudo bem.

— Não aconteceu nada, já disse! Por favor, quero ir embora logo.

— Tudo bem, vamos lá buscar seu carro — respondeu, girando as chaves e saindo.

Rodrigo ficou com um sorriso malicioso no rosto; estava pensando que realmente tinha acontecido alguma coisa entre mim e Eduarda, e por mais que eu dissesse o contrário, ele não iria acreditar. Durante o percurso, mantive-me em silêncio;

a dor de cabeça estava me matando e não queria pensar em mais nada. Olhei no celular e vi três chamadas perdidas: uma de minha mãe, outra de Thaís e de Isadora.

Fiquei olhando para a chamada de Isadora.

— Avisei ontem para a Thaís que você iria dormir na casa de um amigo — disse Rodrigo, estacionando perto de onde meu carro estava.

— Obrigado — respondi, abrindo a porta.

— Amigo é para essas coisas! Imaginei que elas ficariam preocupadas.

— Você fez bem.

— Qualquer coisa, me liga.

— Pode deixar.

Fiquei parado por um tempo olhando-o sair. Depois procurei as chaves do carro nos bolsos. Pensei em ir direto para casa, mas achei melhor ficar mais um pouco por ali. Ainda não era nove da manhã e certamente minha mãe e Thaís estariam dormindo. Algumas pessoas caminhavam pelas ruas, aproveitando aquele início de domingo. Resolvi fazer o mesmo. Enquanto caminhava, tentei não pensar em nada, apenas focando nas pessoas que passavam por mim. Um cachorro começou a correr em minha direção. Abaixei-me para acariciá-lo e logo sua dona surgiu.

— Obrigada! Ele não parava de correr — disse, parecendo cansada.

— Tudo bem — respondi. E continuei andando.

Andei mais um pouco e me sentei. Fiquei observando duas crianças, que brincavam na academia ao ar livre da cidade. Este era um dos projetos da cidade: disponibilizar em alguns pontos, como praças, aparelhos para fazer ginástica de graça. Até que funcionava em alguns lugares, enquanto em outros, a própria população não cuidava e, em pouco tempo, tudo estava destruído.

Uma das crianças havia acabado de se machucar e a mãe

já estava indo ajudar. Isso me fez recordar as muitas vezes que me machuquei e que minha mãe cuidou de mim.

Só então me lembrei que naquele dia iria almoçar com meu pai e Thaís. Com todos os acontecimentos da noite anterior, tinha me esquecido completamente. Olhei no relógio e já era quase onze horas; não daria tempo de trocar de roupa, somente de passar em casa para pegar Thaís e encontrar com meu pai. Não estava muito a fim de ir, mas sabia que aquele almoço seria importante para nós três. Depois de muito tempo, finalmente estariam os três juntos.

— Que bom que vocês vieram — disse meu pai, assim que nos viu chegando no restaurante.

— Oi, pai — cumprimentou Thaís.

— Humm, pelo jeito a noite foi boa ontem, você está com uma carinha — brincou meu pai, enquanto eu o cumprimentava.

Sentamos e logo o garçom veio recolher o pedido. Fiquei observando Thaís e meu pai conversando, animados, e fiquei feliz porque, finalmente, eles estavam se dando bem e tudo indicava que as coisas começavam a se acertar.

Não estava querendo conversar muito, por isso só respondia ao que eles me perguntavam. Thaís voltaria para Tatuí no dia seguinte, então achei que seria bom ela aproveitar aquele tempo junto dele. Não queria estragar o domingo deles com o meu desânimo, apesar de saber como era importante a presença dos filhos para o meu pai.

— Pai, você pode levar a Thaís para casa? — perguntei, logo após o almoço. — Estou com um pouco de dor de cabeça e acho que vocês precisam conversar mais, aproveitar o dia.

— Tudo bem, meu filho. Eu a levo depois.

— Está tudo bem com você, Felipe? — indagou Thaís, parecendo preocupada.

— Tá sim, só dor de cabeça.

— Vá tranquilo, meu filho! Depois vamos dar uma volta; avise sua mãe que a levarei mais tarde para casa.

— Pode deixar — respondi, saindo do restaurante.

Naquele momento, queria chegar logo em casa, dormir e só acordar no dia seguinte.

Minha mãe tinha ido almoçar na casa da minha avó, então, assim que cheguei, fui direto para o meu quarto e me joguei na cama. Já estava adormecendo quando recebi uma mensagem:

> Obrigada por estar em minha vida. Vamos nos encontrar hoje? Estou com saudades! Isa.

Olhei aquela mensagem enquanto, novamente, a imagem de Isadora beijando outro surgia em meus pensamentos. Sim, também estava com saudades dela, e queria que nada daquilo tivesse acontecido. Queria apenas correr ao seu encontro para beijá-la e estar ao seu lado. Mas estava magoado. Ela havia me traído e isso não tinha perdão. Ela não deveria ter feito aquilo. Ainda mais comigo, que desde o começo havia mostrado os meus reais sentimentos. E enquanto isso, o que ganhara em troca? Ela dizia que me amava, quando, na verdade, só estava brincando comigo.

Eu não poderia ir até ela e lhe dar muitos beijos. Não, eu não poderia fazer aquilo. Se ela pensava que podia continuar brincando comigo, estava muito enganada, porque não iria cair em seu joguinho. Tudo estava terminado. E por mais que doesse, iria esquecê-las; e esquecer que um dia sentira por ela algo muito especial, algo que me fez amar novamente.

Digitei uma mensagem e enviei. Em seguida, desliguei o celular, não queria saber de mais nada, não queria saber de Isadora. Fechei meus olhos e, apesar de estar com muitos pensamentos, acabei adormecendo.

Isadora

Soneto de separação

De repente do riso fez-se o pranto
Silencioso e branco como a bruma
E das bocas unidas fez-se a espuma
E das mãos espalmadas fez-se o espanto.

De repente da calma fez-se o vento
Que dos olhos desfez a última chama
E da paixão fez-se o pressentimento
E do momento imóvel fez-se o drama.

De repente, não mais que de repente
Fez-se de triste o que se fez amante
E de sozinho o que se fez contente.

Fez-se do amigo próximo o distante
Fez-se da vida uma aventura errante
De repente, não mais que de repente.

— Vinícius de Moraes

> *Pensei que você era uma garota diferente, mas me enganei.*
> *Você e seu namoradinho devem estar rindo de mim agora.*
> *Me esqueça, por favor!*
> *Felipe*

Fiquei sem palavras depois de ler aquela mensagem de Felipe. O que ele estava dizendo? Como assim?

— Pedro! Mas é claro! Ele viu Pedro me beijando. Eu amo você, Felipe, só você! — Continuei olhando o celular e, num impulso, comecei a chorar. — Como deixei que isso acontecesse? Como?

Meus pensamentos estavam todos confusos. Sim, eu deveria ter impedido aquele beijo, só que conforme ele foi se aproximando de mim, senti-me hipnotizada por aquele momento. Não conseguia me mexer ou dizer qualquer coisa. Poderia o ter empurrado ou falado alguma coisa, no entanto, não o fiz.

Eu amava Felipe e havia tido um dia inesquecível com ele; mas a presença de Pedro fez com que eu não o evitasse.

Quando ele me abraçou, assim que o vi parado à minha porta, meu coração bateu acelerado. Pensei que talvez fosse por causa da saudade, só que depois, enquanto conversávamos, não conseguia tirar meus olhos dele, e confesso que desejei estar acalentada por seus abraços.

Pedro me beijou com tanta paixão que eu não fui capaz de me distanciar, e acabei me envolvendo também. Havia sido um beijo caloroso e ardente ao mesmo tempo, mas de um jeito diferente do beijo de Felipe. Será que estaria gostando de duas pessoas ao mesmo tempo? Não, isso não poderia ser! Pedro era meu amigo desde a infância e aquele beijo tinha sido um erro.

— Nãoooo! — Empurrei-o assim que consegui me distanciar. — Pedro, o que você fez? Isso jamais poderia ter acontecido... Ai meu Deus, o que aconteceu aqui? Como isso foi possível? — eu disse, já quase chorando. — Somos amigos — afirmei.

— Isa, desde o dia que fui para os Estados Unidos, não consegui tirar você dos meus pensamentos — ele me disse. — Pensei que fosse pelo fato de sermos muito amigos, porém, conforme os dias foram se passando, eu fui percebendo que não era somente por causa disso, mas que tinha algo a mais. Eu não conseguia estar com outra pessoa, só pensava em você; e foi assim que descobri que os meus sentimentos por você vão muito além de uma amizade. Eu quero estar com você.

— Pedro, por favor, pare de dizer essas coisas, por favor! — implorei, entrando correndo em casa. Não queria ouvir mais nada.

Lembrando daquelas palavras, comecei a me sentir culpada, e uma mistura de emoções começaram a tomar conta de mim. O fato de Pedro confessar seus sentimentos por mim e aquele beijo ter acontecido entre nós, de certa forma, havia alimentado suas esperanças por mim. E agora Felipe estava me odiando, com toda razão.

Fiquei ali, abastecendo minha culpa. Queria poder voltar no tempo e não permitir que nada daquilo tivesse acontecido. Felipe, sim, era quem eu amava. Eu tinha certeza disso. E estar ao lado dele nos últimos dias havia sido a melhor coisa que poderia ter me acontecido. Tudo tinha sido perfeito, desde o nosso primeiro beijo até a sua simples companhia. Estava vivendo um amor que tanto havia lido nos livros, mas que, como em qualquer conto de fadas, agora se transformara em um pesadelo. Será que eu iria ter um "felizes para sempre"? Felipe encontrava-se magoado e sentia-se traído, e com toda a razão. No lugar dele, eu sentiria a mesma coisa. Contudo, eu precisava fazer alguma coisa. "Por favor, me perdoe, Felipe! Eu te amo", eu pensava sem parar.

O choro tornou-se mais intenso. Disquei rapidamente para Felipe, na esperança de que ele me atendesse e que tudo fosse esclarecido.

Liguei uma, duas, três vezes, mas ele não me atendeu. O

desespero tomou conta de mim; tinha que falar com ele de qualquer jeito. Pensei em ir até a sua casa, porém o medo de sua rejeição foi maior.

— Pedro, por que você tinha que fazer aquilo? Por quê? Como isso tudo pode acontecer? — perguntei a mim mesma, sentando-me na cama totalmente desorientada.

Por mais que não tivesse concordado com a atitude de Pedro, por algum motivo, não conseguia sentir raiva dele. Pedro era meu amigo desde a infância e eu sabia muito bem como devia ter sido difícil para ele revelar tudo aquilo para mim. Além do mais, eu não havia falado nada para ele sobre Felipe.

Fiquei ali, sentada, com o celular na mão. As horas estavam correndo e o celular de Felipe permanecia desligado. Mais uma vez, o choro ficou intenso.

— Como assim, o Pedro te beijou!? — Giovana disse, espantada, enquanto conversávamos na hora do intervalo.

— Foi tudo um engano. Preciso esclarecer isso para o Felipe — falei de cabeça baixa.

— Calma! Não adianta você se desesperar. Temos que pensar direitinho no que fazer. Felipe está muito magoado e se você for falar com ele agora, pode ser pior — considerou ela, tentando me acalmar.

— Eu preciso falar com o Felipe! Se não esclarecer as coisas, ele vai continuar achando que o enganei esse tempo todo. E também tem o Pedro. — Parei um pouco, relembrando-me dos acontecimentos.

— Eu sempre imaginei que você e o Pedro pudessem ficar juntos, só que aí ele foi embora e apareceu o Felipe...

— Confesso que, há uns anos, senti algo diferente pelo Pedro, mas ele só me via como uma irmã e nada mais. Já com o Felipe, quando o vi pela primeira vez, foi mágico e ele só me faz bem. E, agora ele está com raiva de mim e é tudo culpa minha — falei, começando a chorar de novo.

— Fique calma! Não pense assim, foi o Pedro quem te beijou.

— Mas eu não deveria ter permitido... Quando ele se aproximou de mim, eu não consegui impedir; foi algo muito diferente, não sei como explicar. Será que posso estar gostando de duas pessoas ao mesmo tempo? Isso é certo? — perguntei, confusa, encarando Giovana.

Ela ficou me olhando, tentando achar uma resposta.

— Olha, isso nunca aconteceu comigo e não sei te dizer se é certo ou errado. Você conhece o Pedro desde criança e ele sempre foi um grande amigo. Ele apareceu agora, mudado, mais maduro e, de certa forma, o beijo dele mexeu com você.

— Mas e o Felipe?

— O Felipe é outro gato. Que o Fernandinho não me escute, mas o Felipe tem um charme que nunca vi em nenhum outro garoto — ela disse, baixinho; e depois continuou: — Ele também despertou em você sentimentos que você nunca sentiu. Foi amor à primeira vista. Demorou um certo tempo para estarem juntos, mas quando finalmente isso aconteceu, foi uma explosão de sentimentos calorosos.

— Eu amo o Felipe.

— Se você tem certeza disso, então tem que pensar no que fazer. O ego do Felipe está muito magoado. Você precisa esclarecer as coisas, mas espere a poeira abaixar. Agora não adianta; espere alguns dias e depois você o procura. — O sinal tocou para voltarmos para a aula. No caminho para a sala, pensei somente em Felipe e no quanto queria estar com ele naquele momento.

Por mais que Giovana me dissesse que eu deveria deixar a poeira baixar, não estava aceitando aquela ideia. Precisava ver Felipe. Talvez a gente não voltasse a ficar mais juntos, porém, eu precisava fazer aquilo. Por isso, decidi que depois da aula iria procurá-lo; iria encontrá-lo de qualquer jeito.

Durante as aulas naquela manhã, não consegui prestar

atenção em nada, só pensava em Felipe. Não tirava os olhos do relógio, desejando que as horas corressem, mas, infelizmente, isso não estava acontecendo. Giovana vez ou outra me olhava, demonstrando pena e compaixão. Quando por fim o sinal da última aula tocou, saí apressada.

— Isa, por favor, posso falar com você? — pediu Pedro, assim que passei pelo portão de saída da escola.

— Pedro! — Ele era a última pessoa que eu queria ver naquele momento.

— Por favor, Isa! Eu preciso falar com você — insistiu, tentando pegar em minhas mãos, mas eu as tirei.

— Pedro, não piore as coisas! Eu não quero estragar nossa amizade — falei, enquanto tentava sem sucesso desviar o olhar dele. Éramos amigos desde crianças e não queria que isso acabasse daquele jeito.

— Isa, eu sei que você gosta de mim como amigo, mas entenda meus sentimentos.

— Eu entendo seus sentimentos, só que também tenho que ouvir meu coração. Está sendo difícil para mim tudo isso.

— Eu sei que é uma coisa meio louca, já que sempre fomos muito amigos e nunca demostrei isso por você. É que só estando longe foi que eu consegui realmente perceber que é com você que eu quero estar — declarou, mais uma vez pegando em minhas mãos.

Fiquei em silêncio de novo, não sabia o que responder. A imagem de nós nos beijando na noite anterior invadiu meus pensamentos. Então senti um frio na barriga.

— Isa, eu quero ficar com você — falou, com lágrimas nos olhos.

— Pedro, não sei o que dizer. — Abaixei a cabeça, tentando me livrar do seu olhar.

— Isa, eu não quero te forçar a nada, apenas saiba que eu estou dizendo a verdade. Quero que você pense em tudo o que falei, mas também quero que saiba que vai ser muito difícil a partir de agora sermos somente amigos.

Nada respondi. Pedro me beijou no rosto e foi embora. Enquanto ele se afastava, comecei a chorar.

Felipe

> "Esqueças de tudo que aconteceu,
> Esqueças dos bons momentos,
> Esqueças que um dia
> Eu pude te amar."
>
> — Joyce Silva

A secretária me disse que uma garota estava me procurando na recepção: Isadora. Achei melhor não a atender. Ali não seria um bom lugar para conversarmos. Na verdade, não queria conversar com ela. Ainda não.

Da janela da minha sala, vi Isadora indo embora. Ainda usava o uniforme da escola, certamente nem havia almoçado. Fiquei olhando-a, pensando que estaria com alguém, mas logo ela entrou no ônibus sozinha. Mesmo de longe, consegui perceber que ela estava triste. Por um momento, pensei em ir até ela, falar que, apesar de ela estar com outra pessoa, eu a amava e nunca a iria esquecer; que o que eu sentia por ela era um amor verdadeiro, sincero. No entanto, não fiz isso e nem pretendia fazer. Tinha meu orgulho, que por sinal, estava ferido. Minha esperança era saber que, com o tempo, as coisas iriam voltar a ser como antes de eu a conhecer. Tentei voltar para os meus afazeres, o que foi muito difícil. Resolvi ir direto do escritório para a academia, antes da faculdade. Precisava liberar um pouco daquilo que estava sentindo.

Sentei na bicicleta ergométrica e logo a imagem de Isadora surgiu em meus pensamentos. Ela estava linda e o nosso dia havia sido maravilhoso. Eu a amava, isso não podia negar, e estar ao lado dela me fazia bem. Lembrei-me do seu sorriso e de como gostava de ouvi-la lendo aqueles poemas. Ela fazia aquilo com a alma, seu coração transbordava poesia. Sentia seus olhos brilharem quando me olhava e isso me deixava completamente feliz. Apesar dos acontecimentos, meu coração dizia que ela me amava. Só que eu não podia fugir da realidade: ela havia me trocado, e da pior forma que alguém poderia fazer. Tentei encontrar o motivo de ela ter feito aquilo, mas não consegui pensar em nada. Meu coração estava completamente arrasado. Recordei-me de um ditado que minha mãe costumava dizer: um amor a gente esquece com outro. Será que isso seria possível? Se fosse, talvez pudesse corresponder aos sentimentos de Eduarda, que sempre mostrou sentir algo por mim. Com isso na cabeça, comecei a pensar no dia que dormi em sua casa e em como ela estava bonita e bastante sedutora, usando apenas aquela camisa sobre seu corpo muito bem definido. Ela mostrava ser uma mulher mais madura, que estava disposta a me fazer feliz. Será que seria bom dar uma chance para ela? Refletindo sobre isso, comecei a pedalar mais rápido, sentindo a adrenalina correr pelo meu corpo. O suor escorria pelo meu rosto e meu coração batia mais acelerado. Não prestei atenção no quanto estava correndo, apenas queria espantar todos os meus pensamentos.

Somente depois de quase uma hora pedalando, é que comecei a me sentir um pouco melhor e fui diminuindo a velocidade. Tinha pedalado tanto que minhas pernas estavam doendo. Parei e fiquei um tempo sentado, tomando água, enquanto baixava minha adrenalina.

Tomei um banho frio e me troquei para ir para a faculdade. Estava me sentindo melhor, um pouco mais aliviado e em paz.

— Oi, meu maninho lindo. Como você está? — perguntou Thaís, assim que atendi o telefone.

— Está tudo bem. Estou indo para a faculdade — respondi, já dentro do carro.

— Que bom. Quero que você fique bem.

— Pode ficar tranquila. E como foi a viagem? — indaguei, arrumando o cabelo enquanto olhava no espelho do retrovisor.

— Foi ótima. Conversamos bastante durante todo o caminho. Foi uma boa ideia o pai ter me trazido — disse, animada.

— Isso é bom. Eu sei que estava sendo muito difícil para você ficar afastada dele, mas apesar de não concordarmos com o que ele fez, sabemos que não cabe a nós julgá-lo.

— É. Eu, de certa forma, não vou perdoá-lo por ter traído nossa mãe e por todo o sofrimento que ele causou para nós, principalmente para ela, mas eu sei também que não podemos ficar separados.

— Eu tenho certeza disso. E ele já veio embora?

— Já sim. Só deixou eu aqui no apartamento e já voltou. Deve estar chegando por aí.

— Depois eu mando uma mensagem para ele, perguntando se está tudo bem.

— Faça isso... Maninho, quero que você se anime um pouco! Sei que você gosta muito da Isadora, mas não pode ficar sofrendo assim. Tenho certeza de que há muitas garotas loucas para ficar com você.

— Estou bem. Vai ficar tudo bem. Não queria te preocupar, mas você tem o dom de fazer a gente falar o que não quer dizer — eu disse, rindo.

— Esse é um dos meus dons. E olha só, uma risada! Fico mais tranquila agora.

— Humm, agora eu tenho que ir, senão me atraso para a aula — avisei, ligando o carro.

— Beijos e se cuida!

— Você também — falei, desligando o celular.

Olhei no relógio e constatei que faltavam menos de vinte minutos para o início da primeira aula. Se o trânsito me ajudasse, conseguiria chegar sem atraso. Liguei o som do carro e segui para o campus. Cheguei faltando menos de cinco minutos, o que me deixou aliviado. Não gostava de chegar atrasado nas aulas de Direito Penal. Olhei mais uma vez meu cabelo no retrovisor.

— Por favor, Felipe, eu preciso falar com você — disse Isadora, assim que saí do carro.

Eu não estava acreditando, ela estava bem na minha frente. Fiquei surpreso. Pensei que o fato de não a ter atendido no escritório, a teria feito desistir de me procurar; mas não, ali estava ela, linda, e mais linda do que nunca. Olhava-me com o olhar mais triste que alguém poderia ter.

Não estava reconhecendo Isadora. Aquela garota tímida, dona de um sorriso doce e um ar de mistério, que eu havia conhecido e por quem estava completamente apaixonado, encontrava-se triste naquele momento, parecendo que tinha chorado algumas horas antes.

— Eu te peço, me escute — ela insistiu. — Você sabe o que eu sinto por você; apenas quero ter a chance de me explicar — continuou.

Fechei a porta do carro atrás de mim e fiquei olhando para ela. Sim, eu queria abraçá-la, beijá-la, dizer o quanto eu sentia por estar separado dela; claro que queria fazer tudo aquilo, mas eu não fiz. Apenas continuei olhando-a enquanto ela dizia:

— Eu te amo tanto Felipe e só quero estar ao seu lado. Por favor, vamos conversar.

— Por favor, Isadora, é melhor você não dizer nada. Eu sei o que vi, ninguém me contou, eu vi — eu disse, sério.

— Foi um erro. Por favor, confie nos meus sentimentos! Sei que você também gosta de mim. Não vamos deixar isso tudo acabar.

Alguns alunos que passavam por nós olhavam, curiosos, certamente imaginando que seria mais uma briga de namorados e que tudo logo ficaria bem, mas não, eu sabia que não ficaria nada bem.

— Me perdoe! — ela pediu, segurando em meus braços, que eu logo afastei.

— Acho melhor...

— Por favor, não diga isso! Vamos conversar com mais calma. Você sabe que eu jamais iria querer te magoar; gosto de você desde a primeira vez que nos vimos.

— Você deveria ter pensado nas consequências antes de se envolver com outra pessoa.

— Felipe, foi um erro.

Continuei firme em minhas ideias, que até poderiam parecer duras, contudo, eu ainda estava muito magoado e, por mais que amasse Isadora, também me encontrava sofrendo pelo nosso distanciamento, mas principalmente por sua traição, que era o que me machucava mais; ela tinha beijado outro, logo depois de saber de tudo o que eu realmente sentia por ela.

— Eu não beijei aquele garoto, foi o Pedro quem me beijou. Por favor, acredite em mim! Eu não queria nada daquilo — disse, começando a chorar.

— Eu realmente pensei que você fosse uma garota diferente. Você me fez acreditar nisso. Sabia que eu estava fechado para amar outra pessoa, mas aí você me fez pensar que era diferente e me fez acreditar no amor de novo. Mas depois, vendo você ali, com aquele outro cara...

Fiquei calado. Na verdade, eu não sabia mais o que falar ou pensar. Dizer o quê? Que deveríamos seguir adiante, que havia sido bom enquanto durou, mas que era melhor cada um prosseguir com sua vida? Ou, que ela teria que conquistar minha confiança novamente? Dizer que, se ela não queria aquele beijo, ela deveria ter dado um soco no garoto? Dizer o que se os meus próprios sentimentos, de certa forma, estavam todos confusos? Virei as costas e comecei a me afastar, mesmo sabendo que seria grosseiro não a querer ouvir mais.

Isadora continuou parada, me olhando.

— Eu te amo, Felipe. Te amo! — ela gritou, e naquele momento, uma chuva começou a cair.

Corri para dentro do prédio para não me molhar. Isadora, por sua vez, continuou parada lá, me olhando, enquanto a chuva lavava suas lágrimas, e quem sabe o seu coração. Queria voltar até o estacionamento para protegê-la daquela chuva e dizer que meu coração só pertencia a ela, mas mesmo sabendo que ela poderia ficar doente, nada fiz. E ela continuou ali, olhando tristemente em minha direção. Outros alunos entravam para as suas salas de aula, então resolvi fazer o mesmo.

Isadora

"Amo-te como se amam certas coisas obscuras,
secretamente,
entre a sombra e a alma..."

— Pablo Neruda

Ter ido procurar Felipe não havia resolvido nada e ainda me deixara três dias de cama. O fato de ter ficado doente, porém, não tinha importância. O que doía mais era saber que ele não tinha me perdoado, e que nunca mais iríamos ficar juntos. Enquanto a chuva caía e Felipe se distanciava, senti que uma parte de mim também estava sendo perdida. Um filme de todos os nossos momentos passou em meus pensamentos; foi questão de segundos, mas o suficiente para que eu entendesse que sim, eu amava aquele garoto; e pensar que nunca mais estaríamos lado a lado, só me fez sofrer ainda mais.

Ao me ver ali, ajoelhada no chão daquele estacionamento, desamparada e chorando, Giovana correu para me socorrer e tentar acalmar um pouco de tudo o que eu estava sentindo, no entanto, nada e nem ninguém poderia tirar do meu coração a dor da rejeição e o peso de saber que se eu tivesse negado aquele beijo a Pedro, tudo estaria sendo diferente. Tudo por causa daquele beijo!

Como fui tão inocente e acabei me deixando envolver por aquele momento!? Como pude ser tão fraca!? Eu não deveria ter aberto a porta para o Pedro; deveríamos ter conversado por telefone, *WhatsApp*, ou alguma outra forma, mas nunca pessoalmente. Só que também, como poderia saber que eu tinha uma atração por ele? E sim, existia uma atração; não era da mesma forma que meu amor por Felipe, mas algo diferente.

Aquele foi o último dia que vi Felipe. Depois disso, fechei-me para meus sentimentos. Por mais que o amasse e soubesse como ele era especial na minha vida, eu não poderia continuar sofrendo por alguém que não me queria mais ao seu lado. Para sempre ele estaria em meus pensamentos, isso não poderia negar, já que ele tinha sido realmente o meu primeiro amor e meu primeiro beijo. Acho que posso até me considerar sortuda, pois algumas pessoas não têm o seu primeiro amor correspondido, mas eu, de certa forma, pude senti-lo próximo de mim, me acalentando e me envolvendo. Sentia por ele coisas que jamais poderia imaginar que algum dia sentiria por alguém. Uma mistura de sentimentos bons, e estava certa de que sempre o amaria. Iria me envolver com outras pessoas, contudo, ele sempre seria o meu primeiro e verdadeiro amor. Jamais me esqueceria da primeira vez que o vi ou de como era bom ler algum poema para ele, que, com aquele olhar encantador, demostrava estar sentindo os mesmos sentimentos que o autor. Aquele sorriso que me fazia suspirar quando me esperava encostado no carro, ou ainda, quando me abraçava, querendo me proteger.

Mas mesmo com a dor causada por sua distância e o fato de que meu coração ainda transbordava de sentimentos bons por ele, eu precisava seguir adiante, voltar à minha rotina. Tinha um vestibular de Medicina para prestar e não queria que outra pessoa sofresse por minha causa. Não queria carregar o peso da desilusão que minha mãe teria se sua filha não se tornasse médica.

Todos os dias, saía da escola e ia almoçar em um restaurante ali perto. Em seguida, começava minha rotina de estudos na Biblioteca Municipal, que ficava a apenas algumas quadras de distância. Tentei evitar ao máximo ir à biblioteca da escola; achei melhor, pois assim não corria o risco de o encontrar ali, ou de ver aquele sorriso falso da bibliotecária indicando que eu havia perdido e que ela estava no comando, já que ficara sabendo, depois de um tempo, que ela e Felipe estavam saindo juntos. Não tinha confirmado se era de fato um namoro, preferi não ter conhecimento desse detalhe, mas só de saber que estavam juntos, já fiquei de certa forma abalada. Um dia, Giovana me contou que encontrou os dois, muito sorridentes, passeando pelo *shopping*, parecendo bem próximos. Quando ela me disse isso, chorei muito, imaginando que eu é quem deveria estar ao lado dele, não ela. Era eu quem deveria estar rindo com ele, segurando em suas mãos, e não ela. Mas não, eu não estava e nem viria a estar.

Em meu último aniversário, pedi de presente uma bicicleta. Esse gosto por pedalar foi graças ao Felipe. De certa forma, isso sempre me fazia lembrar dele. Claro que queria que ele estivesse ao meu lado, mas me contentei em andar sozinha, apesar de só ir até à biblioteca. Ainda não tinha coragem, e principalmente ânimo, para andar quilômetros e mais quilômetros, descobrindo novos lugares, coisa que ele fazia muito bem.

Quase um ano depois de nosso último encontro, toda vez que chovia, os meus sentimentos por ele voltavam. Então eu me lembrava de seu rosto e de como havia sido dolorosa a sua rejeição. Ainda tinha esperanças de que ele pudesse ter me perdoado. Sabia que não ficaríamos mais juntos, isso havia ficado bem claro por parte dele, no entanto, só de saber que ele não sentia mais raiva de mim, já poderia me proporcionar certo conforto.

Encontrar Pedro se tornara algo um pouco mais constante, e apesar de saber dos seus reais sentimentos por mim, preferia pensar que era somente amizade; uma amizade que surgira quando éramos crianças, cujos laços apenas foram aumentando com o passar do tempo, até se transformar em um amor. Várias foram as vezes que ele me pediu para o dar uma chance, mas pedi que ele deixasse que o tempo se encarregasse das coisas, para que tudo acontecesse naturalmente. Sei que, para ele, isso estava sendo uma tortura. E percebia quando, sem querer, ou de propósito, ele esbarrava em minhas mãos ou ficava me lançando aquele olhar de quem gostaria de me proteger e estaria disposto a ficar comigo até o fim de nossas vidas. Diversas vezes pensei que talvez eu devesse dar uma chance a ele, e a mim, porém temia que fosse sofrer de novo, e não queria isso naquele momento. Só queria focar nos estudos e em nada mais. Mas confesso que era muito bom o ter sempre ao meu lado. Giovana tentava cada vez mais me incentivar a ficar com ele:

— Isa, pare com isso; ele gosta de verdade de você.

— Eu sei, mas não quero me machucar de novo.

— Você acha que se ele não gostasse realmente de você, iria aceitar ficar ao seu lado somente como amigo? Dê uma chance! A vida continua. E tenho certeza de que o Felipe não está pensando como você.

Nisso Giovana tinha razão. Pedro havia demostrado tanto os seus reais sentimentos. Além disso, eu conhecia tantas histórias de amigos que acabaram ficando juntos, que comecei a cogitar a ideia de dar uma chance para um novo amor. Foi pensando nisso que resolvi dar essa chance para ele naquela festa.

Faltava menos de um mês para a nossa colação de grau. As duas turmas do terceiro ano resolveram fazer uma festa, tipo uma quermesse, para poder arrecadar um pouco mais de dinheiro para a então festa de formatura. Cada aluno acabou contribuindo com alguma coisa na organização da festa, assim como alguns alunos de outras séries também se prontificaram a ajudar.

Fiquei encarregada da compra das bebidas e do que seria vendido para comer, então, durante a festa, estaria tranquila e poderia me divertir.

Combinei de encontrar com Pedro na escola. Ainda tinha Felipe em meus pensamentos e coração, por isso, pensei várias vezes se seria certo me envolver com uma pessoa enquanto ainda me encontrava pensando em outra, mas apesar de tudo, o Pedro fazia parte da minha vida e me sentia bem ao seu lado. Ele tinha demostrado que realmente estava disposto a me fazer feliz e eu havia decidido que estava disposta e seguir adiante, buscar a minha felicidade. Cheguei quando a festa já havia começado e estava bem animada. Olhei em volta, mas não vi Pedro. No entanto, pelo horário que havíamos combinado de nós encontrar, concluí que ele logo chegaria. No palco, a banda *Brasileira*, formada por alguns garotos do segundo ano do ensino médio, tocava todos os estilos musicais, o que acabou deixando algumas garotas bem animadas. O som era bacana, e apesar de serem ainda iniciantes, eles já estavam tocando em algumas festas e fazendo muito sucesso na cidade. Peguei um refrigerante em uma das barracas e fiquei parada, olhando a banda tocar. As garotas, que estavam de frente para o palco, davam gritinhos, principalmente quando o vocalista, que por sinal era bem gato, acenava para elas.

Eu me encontrava tão envolvida com toda a festa que, quando menos percebi, já estava me mexendo conforme a música Girassol, do Ira, que por sinal, eu adorava. Fechei meus olhos e comecei a cantar junto com a banda:

"Eu tento me erguer às próprias custas
E caio sempre nos seus braços
Um pobre diabo é o que sou

Um girassol sem sol
Um navio sem direção
Apenas a lembrança do seu sermão

Você é meu sol
Um metro e sessenta e cinco de sol
E quase o ano inteiro os dias foram noites
Noites para mim

Meu sorriso se foi
Minha canção também
Eu jurei por deus não morrer por amor
E continuar a viver

Como eu sou um girassol
Você é meu sol

como eu sou um girassol
Você é meu sol

Como eu sou um girassol
Você é meu sol

Eu tento me erguer
Às próprias custas
E caio sempre nos seus braços
Um pobre diabo é o que sou

Um girassol sem sol
Um navio sem direção
Apenas a lembrança
Do seu sermão

Morro de amor e vivo por aí
Nenhum santo tem pena de mim
Sou agora um frágil cristal
Um pobre diabo
Que não sabe esquecer
Que não sabe esquecer

Como eu sou um girassol
Você é meu sol."

— Isa, essa flor é para você — disse uma aluna do nono ano, assim que a música havia terminado.
— Obrigada — agradeci, olhando surpresa para a flor que, por coincidência, era um girassol.
Cheirei-a para sentir seu perfume e fiquei olhando para ela, imaginando quem poderia ter mandado aquilo. Pensei em

Pedro, querendo me fazer uma surpresa. Claro que era ele! Ele sabia muito bem o quanto eu gostava daquela música. Então voltei meus olhos para a banda, que começava a tocar outra música; um sertanejo universitário, A Rosa e o Beija-Flor, dos cantores Matheus & Kauan que, por sinal, estavam fazendo muito sucesso.

"Quando você fica ao lado de uma pessoa
E ela mesmo em silêncio lhe faz bem
Quando você fecha os olhos
E no pensamento está fotografado
O rosto desse alguém

E quando estiver num dia triste
Basta um sorriso dela pra você ficar feliz
E quando se sentir realizado
E dizer que encontrou o bem que você sempre quis

E quando chorar de saudades
E quando morrer de ciúmes
E quando sua sensibilidade identifica o perfume
Isso é amor, tá rolando amor
É o encontro de metades, a rosa e o beija-flor

Isso é amor, tá rolando amor
É o encontro de metades, a rosa e o beija flor
Isso é amor, tá rolando amor
É o encontro de metades, a rosa e o beija-flor
Isso é amor, tá rolando amor
É o encontro de metades...
É amor, é o encontro de metades
A rosa e o beija-flor."

Olhei mais uma vez à minha volta, mas não vi Pedro, somente uma outra garota do nono ano que me entregava outra flor. Uma rosa. Comecei a gostar da brincadeira. Duas músicas e duas flores relacionadas às músicas. Comecei a andar pelo pátio da escola, tentando encontrar Pedro. Andei mais um pouco e parei perto de uma barraca que vendia pastel. Assim, mais uma flor me foi entregue, dessa vez junto de um bilhete.

— Obrigada — agradeci, segurando uma margarida. — Você poderia me dizer onde está a pessoa que está me entregando isso? — perguntei.

A garota apenas sorriu e foi embora. Abri o bilhete. Era um poema de Pablo Neruda:

A Dança/ Soneto XVII

*Não te amo como se fosses rosa de sal, topázio
ou flecha de cravos que propagam o fogo:
amo-te como se amam certas coisas obscuras,
secretamente, entre a sombra e a alma.*

*Te amo como a planta que não floresce e leva
dentro de si, oculta a luz daquelas flores,
e graças a teu amor vive escuro em meu corpo
o apertado aroma que ascendeu da terra.*

*Te amo sem saber como, nem quando, nem onde,
te amo diretamente sem problemas nem orgulho:
assim te amo porque não sei amar de outra maneira,*

*senão assim deste modo em que não sou nem és
tão perto que tua mão sobre meu peito é minha
tão perto que se fecham teus olhos com meu sonho.*

— Você gosta deste soneto de Pablo Neruda? — perguntou uma voz atrás de mim.

Sorri.

— Adoro! — respondi, virando-me. — E aposto que você também deve gostar muito.

Ficamos ali, nos olhando. Tínhamos muito a dizer, mas os olhares falaram por si.

— Eu queria te... — tentei falar, mas suas mãos tocaram meus lábios em sinal de silêncio.

Ele aproximou-se um pouco mais de mim e, colocando suas mãos na minha cintura, entrelaçou-me em seu corpo. Pude então sentir aqueles braços me protegendo. Nossos olhares permaneceram fixos e nossos lábios foram se aproximando. Fechei meus olhos e senti que ele fez o mesmo. Um frio na barriga e um gelo na espinha foram sentidos juntamente com o meu coração, que bateu acelerado. Senti o calor dos seus lábios e deixei-me envolver naquele beijo caloroso e verdadeiro.

Epílogo

— Minha filha, Parabéns! — comemorou minha mãe, abraçando-me, toda contente, com um papel em mãos. — Estou muito orgulhosa de você!

Peguei rapidamente o papel e logo comecei a pular e gritar de alegria.

— Passei... passei no vestibular!

— Parabéns, meu amor! Eu tinha certeza de que você conseguiria — ele me disse, me abraçando e beijando.

— Você merece, minha filha — falou meu pai, também me abraçando.

Para completar a festa, Bili pulou em meu colo em sinal de carinho.

— E você está preparada para entrar na faculdade? Só espero que não se esqueça desse seu namorado ciumento aqui — comentou, enquanto seguíamos para a varanda.

— Estou muito ansiosa, mas tenho certeza de que vou me sair bem. E pode ficar tranquilo que jamais vou me esquecer de você.

— Espero que sim. E tenho certeza de que se dará muito bem no curso de Letras.

— Também tenho certeza disso.

— Só não sei até agora como você convenceu sua mãe.

— Não precisei fazer nada. Ela mesma se deu conta de que Medicina era o sonho dela e não o meu; e que o que importa realmente é a minha felicidade. Mas, de certa forma, estarei fazendo Medicina.

— Como assim?

— Estarei curando a alma das pessoas com as palavras.

Felipe me olhou e, dando-me um beijo no rosto, abraçou-me apertado.

— Te amo.

— Também te amo.

Deitei em seu peito e, olhando para o céu estrelado naquele dia de Lua cheia, fechei meus olhos, enquanto podia ouvir as batidas do seu coração.

Havia ficado sabendo, mais tarde, que Giovana tinha ido atrás de Felipe e lhe contado tudo o que realmente acontecera, principalmente o fato de que havia sido Pedro a me procurar e a me dar aquele beijo. Felipe, no começo, não levou muita fé, mas depois acabou acreditando nela; ainda mais quando ela também contou que eu continuava o amando e que estava sofrendo devido à distância. Felipe também estava sentindo muito pela nossa separação.

E quanto a Pedro? Ele acabou voltando para os Estados Unidos. Antes de partir, porém, enviou-me um bilhete de despedida:

> Isa, eu te amo e não posso negar isso, só que, infelizmente, nunca conseguirei fazer você feliz, seu coração é de outro. Sei que não seremos mais amigos. Talvez um dia, mas agora não, ainda dói muito saber que não poderei estar ao seu lado. No entanto, vou me lembrar dos bons momentos que passamos juntos como amigos e espero que você fique bem. Estou indo embora. Sei que a distância não pode apagar o que sentimos, mas só o fato de não te ver com outra pessoa, já não me causará tanto sofrimento.
> Até quem sabe um dia! Seja eternamente feliz! Bjs, Pedro.

Estava sentindo saudades do meu amigo Pedro, entretanto, sabia que aquilo tinha sido o melhor e esperava que algum dia pudéssemos rir juntos de tudo isso.

Abri meus olhos e vi que Felipe estava observando o céu. Ele então olhou de volta para mim, e com a troca de olhares, nos beijamos.

www.skulleditora.com.br

 @skulleditora
 www.amazon.com.br
 @skulleditora